洛《らく》田《だ》二十日《はつか》

ダキョウソウ

光文社

ダキョウソウ

目次

装幀　森 敬太（合同会社 飛ぶ教室）
挿画　ZUCK

ソファの隙間

父がソファの隙間に消えて、はや二十年が経過した。

その日は土曜日で、母は同窓会に出席していて家には父と私の二人だけだった。父はウッドブラウンのソファに座り野球を観ていた。私も隣に腰掛け、色鉛筆で何やら空想上の生き物を画用紙に泳がせていた。ふと手が滑り緑の色鉛筆を落としてしまった。色鉛筆はソファの座面と背もたれの隙間へと潜り込む。慌てて指先で隙間を探ったものの、かえって奥まで押し込んでしまったようだ。

「危ないから、床に座ってなさい」

見かねた父は大好きな野球中継に背を向け、袖をまくり、ソファの隙間に肩のところまで腕を潜《くぐ》らせる。ちょうど穴熊《あなぐま》を捕まえるような格好だ。私は父が必ず色鉛筆をソファの隙間から見つけ出してくれるものと思い、さほど興味のない野球中継をぼんやりと眺めていた。父はしばらく片腕を突っ込んだまま、指先で色鉛筆を探っていたが、なかなか見つからない。だんだんと眉間《みけん》に皺《しわ》が寄ってくる。

「やれやれ、どうやら相当奥深くまで落ちてしまったようだ」

父の贔屓《ひいき》のチームが三塁打を決めた。父はいったん、腕を引き抜くと、強張《こわば》った筋肉をもみほぐす。両肩の関節を伸ばし、そのまま平泳ぎのような姿勢で、ソファの隙間へと潜り込んでいく。私は知らなかった。ソファの隙間がこんなにも深く広がっていることを。

あっという間に父は肩まで隙間に潜り込んでいた。何か嫌な予感がした。

「父さん、大丈夫だよ。他の色があるし」

果たしてこの声が父に届いたかどうかは今となってはわからない。汗ばんだシャツに隆起した肩甲骨《けんこうこつ》が小舟のオールのように動く。父の体はソファの隙間へと飲み込まれていく。

何かくぐもった声が聞こえる。父がソファの隙間から懸命にこちらに叫んでいるようだ。助けを求めているのかもしれない。私はそっと近寄り、声に耳を傾ける。父は確かに、「押せ」そう言った。脂肪をたっぷり詰め込んだ腹部が邪魔して、これ以上中に潜れないらしい。

果たして父をこれ以上、隙間に押し込んでいいものなのかまるで判断がつかない。父はかまわず「押しなさい」と繰り返している。結局、私は大きく突き出した父のお尻を、両手で思い切り押してやった。その弾《はず》みで、父はするりと足先まで全身飲み込まれた。

こうして、父は消えた。

その後の記憶は途切れ途切れになる。

同窓会から帰ってきた母は、私の報告を聞くや、半狂乱となってライトでソファの隙間を照らしたが、光の届く範囲に父の姿はなかった。その後、通報を受けて到着した救助隊はしっかりとハーネスを装備して、わざわざ三人態勢でソファの隙間へと下降し、捜索してくれたが、芳《かんば》しい成果は得られなかった。ただ申し訳なさそうに、「隙間は予想外に深く、これ以上の捜索は困難、そう判断しました。お気の毒ですが」

と伝えた。

「お父さん、帰ってくる?」
彼らが帰ったのち私が訊《き》くと、母は両手で顔を押さえ、喉《のど》の奥から絞り出すように言った。
「もちろん、すぐに」。

甘えたい盛りに、唐突に始まった父不在の日々。寂しさは募《つの》り、やがて耐え難くなる。ただそれは自分が招いたことなのだ。この事実がスズメバチの巣のように、頭の中に蟠《わだかま》っていく。

私は少年から青年へと成長しようとしていた。その間に母はすっかり外出を嫌うようになり、大抵の時間をリビングで過ごすようになっていた。父の面影と暮らしているのか。いや、私への当てつけに違いない。そう、母は私を恨んでいる。なにせ、私が母から父を奪ったのだ。私が色鉛筆をソファの隙間に落としさえしなければ父は消えなかった。ならば、いっそ私も同じ隙間に消えてしまいたい。

深夜。ソファの隙間に手をかけ、座面を手前に引っ張る。革張りの闇が広がる。貪婪《どんらん》な暗闇が口を大きく開けていた。思わずたじろいだ。背後からぐいと引っ張られ羽交《はが》い締《じ》めにされると、そのままのしかかられて、リビングの床に、動けなくなる。暗闇の中、嗚咽《おえつ》だけが響く。

「ごめんね、お父さん、帰ってこなくて」

驚いたことに、謝っているのは母だった。とうに自分の背を追い越した息子を、母はか細い腕で必死にソファの隙間から引き剝《は》がしたのだ。私はこの時、全てを悟った。母は私を恨んでなどいない。むしろ、逆であった。母の方こそ父親不在の家庭という状況に対し、鉛色の呵責《かしやく》を長年抱え込んでいたに違いない。思えば外出しなくなったのは、少しでも子供と過ごす時間を設けるためではなかったろうか。

その日以来、ソファの隙間は徐々に忘れられていき、あっという間に二十年の歳月が経過した。

あのソファは今もなお、リビングの中央に置かれている。ただし、置かれている家が変わった。私は結婚して妻と息子と新しい家庭を築いていた。あのウッドブラウンのソファは「父の形見」として譲り受けたものである。事実、このソファは母よりも私の近くにあるべきなのだ。

またしても、土曜日であった。

妻は職場の懇親会に出かけており、私と息子はソファの上で、ここぞとばかりに注文したクアトロピザを平らげたばかりだ。血糖値上昇による甘美な陶酔《とうすい》にしばし身を委《ゆだ》ねながら、傍《そば》にいる小学校にあがったばかりの息子を眺める。買い与えたタブレットで〝無限に砲撃ができる最強の要塞〟を描くのに夢中だ。

私は立ち上がり、ピザの空き箱を重ねてゴミ箱に押し込むと、キッチンの冷蔵庫から新しい缶ビールを持って戻ってきた。そして目に飛び込んできた光景に、緊張が走る。息子がソファの隙間を覗《のぞ》いている。あまつさえ今まさに片手をその隙間の奥へと突っ込んでいる最中だった。

「どうした?」

「タッチペンが隙間に入っちゃって、手で取ろうとしたら、もっと奥に入っちゃった。お父さん、取って」

その時が来たことを、私は知る。

人生には必ず、ソファの隙間にペンが入り込む時が来るのだ。

「危ないから、床に座ってなさい」

息子にそれだけ伝えると、私はそっとソファの隙間に手を突っ込む。なんだか血圧測定器に似た圧迫が腕を包む。それが徐々に和らぎ、だんだんと隙間が拡張されていくのがわかった。間違いない。ソファは今、私を引き入れようとしている。私は顔を埋《うず》め、首を突っ込み、肩を入れ込み、上体を捻《ひね》る。革に皮膚が引っ張られるも、やがて汗でその抵抗も弱まっていく。このまま、革張りの闇へと、迷わず突き進もうとした矢先、足を摑《つか》まれる。

息子が、足首を引っ張って、リビングへと私を懸命に連れ戻そうとしている。ああ、あの時、私もこうすればよかったのか。

「大丈夫、必ず戻ってくる」

かつて父が残さなかった約束の言葉を息子に投げかけると、際限なく続くかのような闇を掻《か》き分け、進んでいく。肺が上下から圧迫され、呼吸が浅くなる。

ふと、断崖。

唐突に革の地面が途絶え、手を伸ばしても何も触れない地点に到達していた（想像するに、かつて救助隊はここで引き返したのではないか）。私はどうしてもこの先に行かねばならない。恐怖はある。鳩尾《みぞおち》が凍る。奥歯を嚙《か》み締め、イカロスの気分で私はソファの隙間の、最深部へと飛び込んだ。


幸いにも、ソファはどこまでもソファであった。叩きつけられた地面はお馴染《なじ》みの革の感触。膝に手を置きながら慎重に立ち上がる。

そこには、光があった。懐かしい、暖色の光が、革張りの世界を照らす。スタンドライトに、ローテーブル。そして、今しがた私が潜ってきたはずのウッドブラウンのソファがそこに置いてある。そう、かつての我が家のリビングそのものだ。


「父さんを、恨んでいるか」

ソファの上、父は緑色の鉛筆を手で転がしながら、静かに訊《たず》ねた。その問いは私がずっと考えてきた問いでもあった。卓上には息子のタッチペンが鈍く光っていた。

私はそれを摘《つ》まみ上げ、同じように手の中で転がしながら考える。

「どうだろう。寂しかったのは事実だけれど」

私はそう言いながら、父の隣に腰を下ろす。二十年ぶりの父は格好こそ身綺麗《みぎれい》であったが、顔には深く皺が刻まれ、生え際は後退しており、全体的に一回り縮み、かつてソファにつっかえた腹だって凹《へこ》んでいる。父は私の言葉の続きを待っている。

そう、私は今日、これを伝えに来た。

「恨んでいる、わけではないよ。どちらかと言えば、ただ困惑していた。なぜ父さんは消えてしまったのだろうって」

でも、それはきっと父にだってわからないのだろう。仕事があり、家庭があり、休日にはお気に入りのソファで野球中継を観る生活。誰もが羨《うらや》む、とまでは言わないが少なからず息子の私からすれば、ごくごく満ち足りているように見えた。そしてそれは真実から決して遠いものではないであろう。ところが、それなのに父はソファの隙間に消えてしまった。色鉛筆はきっかけに過ぎない。今ならわかる。父はソファの隙間で遭難したのではない。でも、逃げ込んだわけでもない。ただ、引き寄せられたのだ。なぜ、そんなことがわかるのか。

私もまた今、こうして引き寄せられてきたからに他ならない。そう、息子が落としたタッチペンなどやはり引き金に過ぎなかった。現にこうして、ソファの隙間は開いてしまった。母のあの日の謝罪が思い出される。おそらくは母もまた、このことをわかっていたのではないだろうか。

暫《しばら》くの間、父は緑色の色鉛筆を弄《もてあそ》びながら思案していた。色鉛筆には懐かしい歯形が残っている。あれは私が残した歯形だ。まだ乳歯だった頃のもの。

「もしお前が、ここに残りたい、というのであれば、この場所を譲ろう。好きなだけここにいればいい。私は今座っているこのソファの隙間へと潜り込めばいい。そしてお前は、いつかお前の息子が、ペンを捜しにやってくるのを待てばいい」

それは迂闊《うかつ》にも非常に魅力的な提案として響いた。私もまた、やはり仕事があり、家庭があり、つい先ほどまでいつもと変わらぬ平穏な土曜日を送っていた。それでも、知らぬ間に蓄積した得体の知れぬ闇は私を蝕《むしば》み、気づけばソファの隙間へと飲み込まれていた。暖色の光に照らされながら、気長に息子を待つのもまた悪くない余生に違いない。しかし、それでも。

「ありがとう。でも、約束したんだ」

父を責める気はないが、私は父とは違う。

そうか、父は目尻だけで微笑《ほほえ》むと「随分と待たせてしまった」。緑の色鉛筆を私に返し、「それにしてもあの試合、どっちが勝ったんだろうなあ」と呟《つぶや》き、静かにスタンドライトを消した。

再び、闇の世界。

だが、戻るべき道はもうわかっている。

父が見つけてくれた色鉛筆を持ち帰るために。そして私が見つけたタッチペンを、息子に持ち帰るために。落下した革張りの崖を、爪を、時に交互に鉛筆とペンを、食い込ませ、這《は》い躋《つくば》り、光が射《さ》す元の世界へと、私は帰還した。

すっかり待ちくたびれたのか、息子はソファの脚下の床で、寝息を立てていた。振り返れば、ソファの隙間はもう塞がっていた。またいつの日か、彼の子供がここにペンを落とした時、隙間は再び開かれるのだろう。

川が転校してきた

川が転校してきた。

滝、と思ったクラスメイトもいたが、そもそも先生が「えーと、川です」と紹介していたではないか。

先生は私の隣の席に座るよう、川を促した。

川は緊張した様子でちょっとぎこちなく、机の横に下げてあるバッグやボックスティッシュのカバーを濡《ぬ》らさないよう、ちょろちょろ体を折りたたんで、器用に椅子に収まった。

「よろしく」と目で上流？　部分に挨拶すると、川はちょっと照れ臭そうに水面《みなも》を揺らした。

この時点で既に机の上の教科書やスカートの端っこは濡れていたし、前の席の浦《うら》部《べ》はせっかくセットしたツンドラ地帯みたいな髪に水がかかったらしく後ろを一瞥《いちべつ》すると、わざわざ聞こえるように舌打ちした。川は表面張力いっぱいに縮こまった。

浦部、しょうがないじゃん、川なんだから。

うちの学校はスマホの持ち込み禁止で、もし持ち込みＯＫの学校だったらどうなっていたんだろう。クラスメイトのスマホを濡らさないようにするだけで疲れちゃうだろうな、なんて川の代わりに想像して、勝手にぞっとした。


とにかく、今日から隣は川だ。

ただこの川は、他と比べても少し変わった川なのかもしれない。なんとなくなりゆきで「案内係」になってしまった私は、その日から川と一緒にいることが多くなったわけなんだけど、なかなか大変だ。

教室を移動する時、川は廊下をキャタピラみたいになって進む。ここまでは便利だなあなんて思っていたし、そう伝えると川も少しだけ得意げになる。前の学校のこともせせらいで教えてくれた。ただ途中で話に夢中になると周りが見えなくなる性質《たち》らしく、急に流れが速くなったり、勝手に支流が別の教室に向かったり、慌てて逆流したりと、あたりを水浸しにしてしまう。結果として、私がモップを持って川から溢《あふ》れた水を拭く羽目になる。

そんな時、川はちきれちゃうんじゃないかってくらい表面積を小さくして、その場で渦巻きながら、謝る。そんな姿を見せられると、こっちも笑わずにはいられない。前の学校で、水泳部だったことを打ち明けられた時なんて腹を抱えて笑った。笑うことないじゃんか、川はたくさん波紋を浮かべて、結局笑った。

ほら、また水が溢れて、移動教室に間に合わない。


文字通り「川沿い」を歩く日々が続いてから一ヶ月が経過した頃、教室に入ると浦部が他のクラスの奴らと一緒に川を囲んで、笑っていた。よくわからないけれど、違う奴が自分の机にどっかり座っているのは普通に腹が立つ。とはいえ、だ。カバンを置けないまま、教室後ろの連絡用掲示板にもたれかかる。近くの席で女の子たちが、ひそひそと話している。

「ねえ、止めた方がよくない？」

「先生呼ぶ？」

「てか布施《ふせ》さんがなんとかすべきじゃない?」

「え、何を?」

名前を呼ばれたのでそっちを向いたというのに、私が近くにいたこと自体に驚いた女の子たちは、わかりやすく顔を見合わせる。

「いや、布施さん、アレと仲良いから、止めたらと思って」

引きつった笑顔で川《アレ》の方を見遣《みや》る。

言いたいことはわかるが、正直困る。

浦部たちがシャーペンの芯を、川の中に放り込んでいる。それも順番に。ただ川が可哀想《かわいそう》とか以前に、浦部たちの行動があまりにも無意味で、そっちの方で吹き出しそう。堪《こら》えなければ。川はただひたすら上流をもたげ、芯を律儀に受け入れ続けていた。

「まるごといく?」

言っているそばから、誰かのペンが勢いよく上流に突き刺さる。波紋が立つ。

「うわ、かかった最悪」ペンはその後、ゆっくりと下流の方へ向かい川底に沈んだ。

へえ、と思ってしまった。「ねえ、赤ペンいっちゃう?」「変わる? 色変わる?」

「中国の川みたいになるんじゃね」、調子に乗った浦部が、ペンケースの中身を全て川にぶん投げる。さすがに川が身をよじる。張力が間に合わず、弾《はじ》けた飛沫《しぶき》が後ろにいた私たちにまでかかる。

その時、よじれた川と目が合った気がした。拭《ぬぐ》うふりをして顔を逸《そ》らした。川はいろんなインクが混じり、濁り、やがて、小刻みに震え始めた。

「あれ、これ、やばくね?」「ちょっと俺行くわ」「俺も」「も」

奴らが慌てて逃げる。というか、私も、隣の女の子も、教室から逃げようとする、が、間に合わなかった。

鮎《あゆ》。

教室中に、大量の鮎。

川から溢れ飛び出した川魚は、弓なりの体を爆《は》ぜに爆ぜさせる。清掃用具入れ、英和辞典のカバー、鍵の壊れた個人ロッカー、隙間という隙間を目指し、縦横無尽に跳ねまわる。

「ふざけんな」「マジで何やってんの」「無理、普通に無理」「きも」「この教室捨てよう」「転校しろよ」「涸《か》れろよ」「鮎は解禁前だろ」

女子たちは叫喚《きょうかん》し、男子どもは今みたいな罵詈雑言《ばりぞうごん》を繰り出す。

私は、何もしていない。

傍観を決め込み、なんなら「鮎は解禁前だろ」にクスッときていた。騒ぎの中、川は静かにドアの隙間から流れていった。


「怒ってる?」

やっと見つけた川は何も言わないまま、ただプールサイドに佇《たたず》み、渦巻いていた。

トンボの番《つが》いが産卵のために何度も近づき、そのたびに自分の飛沫で追い払っている。プールサイドにいる理由はなんとなくわかる。川なりに自分が一番目立たない場所、を選んだんだろう。水泳部時代を笑ったことが今になって無神経だったことに気づく。結局、私と浦部との間に大きな違いなんてない。

——前の学校では、もっとひどかった。

二時間目の終わりを告げるチャイムが鳴る頃、ようやく川はせせらぎ始める。

「もっとひどかった？」

——うん。前の学校でも、やっぱり浦部みたいな奴はいて。しかも私立だったから閉鎖的で、どんどんエスカレートしてくるから最後は氾濫《はんらん》しちゃったんだよね。

「氾濫？」

——『川が氾濫する』で思い浮かべる状態になるよ。だって、川だから。

「そりゃそうか」

——だから、今日は我慢した。絶対氾濫しちゃいけないから。もう誰も溺れさせたくないから。グッと力を入れて、一滴も零《こぼ》さないように。そうしたら、窮屈に感じたのか知らないけれど、飛び出しちゃったんだよね。

「なにが？」

——鮎が。

そのまま、川は黙る。

偉かったね、よく我慢したね、スナック菓子みたいな言葉が頭を横滑りしていく。ごめんね、私も一緒に闘おう、なんでも相談して、これも全部間違っている。口に出す前に唾液で溶けそうう。そうじゃない。私が言わないといけない言葉なんてない。

私にあるのは言いたい言葉だけで、
——あと、別に怒ってないよ。
先に、言って欲しいことを言われてしまった。ますます自分が惨《みじ》めだ。
私は顔をあげ、川の上流を眺め、肺を空気で満たす。

「すきですつきあってください」
言葉だけ先に出て、私と意味があとから追いつくかたちとなった。
男とか女とか、タイミングとか、何もかも全部間違えているかもしれないけれど、
私は川に告白した。川だから、好きなのか、好きになったのが川なのか、そんなこと、どうでもよくて、こんな無神経な奴に怒らず、一緒にいてくれることが嬉しかった。「いてあげてる」って心のどこかで思っていた自分を思いっきり殴りたい。いてくれていたのは川の方なのに。

せせらぎ、気の早い蟬《せみ》の声。
でも、全然風流じゃない。

堪え難い沈黙に、まぶたが痛いほど強く目をつぶる。

とぷ、水が、水に落ちる音。

目を開ける。川がプールを泳いでいる。水の揺らぎで、かろうじてどこにいるかわかる程度。やがて、プールに魚が泳ぎだす。鮎より、少し大ぶりな魚。ニジマスってやつだと思う。川は今プールの中で、これでもかってくらい身を縮めている。その証拠だ。川は上流の先端をもたげ、中にニジマスを閉じ込めたまま、私に向かってせせらぐ。


――ごめん、こんなこと言われたの、初めてで。


私だって、川に告白したことなんて初めてだし、自分の中にそんな感情を発見したことも初めてだし、

「おい！　魚がプールに浮いてるぞ！」

ニジマスが塩素で弱ることも初めて知った。

夏。川は私の告白に対しての返答を曖昧《あいまい》にしたまま、ただ流れ、その隣を私は歩き続けた。転校当初みたいに廊下を水浸しにする回数だって、ぐっと減っていた。その代わり、私といる時だけ上流が激しく渦巻き、飛沫が絶えず私の顔を濡らした。「夏だから、許すけどさ」。ただ、最近替えた防水性がもっと強いタイプのウォータープルーフファンデは肌がひりつく。

体育の時間だった。うちのグラウンドは川からすれば水はけが良すぎるらしく（だいぶ水かさがへるらしい）、川はクーラーの効いた教室で見学するらしい。羨ましい。ソフトテニスのコート隅でゴムボールを足で転がしているだけでも、陽光の直火《じかび》は容赦《ようしゃ》ない。私はこっそり（他の子たちにしてみれば堂々と）授業を抜け出し、校舎へと避難する。汗ばんだ首筋が砂でじゃりつく。あとで川で洗おうかな、玄関脇にある自販機で乳酸菌飲料を買うと、焦げた首筋にあてがいながら、階段を上がり教室前まで来ると「ガラッ」、わざと大きな音を出して戸を開ける。

完全に油断していた川はあからさまに驚き、打ち上げ花火みたいな波紋を全身に生じさせた。

「驚いた？」

――別に。

「驚いた？」

――別に。

「驚いた？」

――驚いた。

自習しているはずの机には何も置かれておらず、引き出しに私が前に貸した漫画がちらと覗《のぞ》いていた。

「これ、面白かった？」

――うん、面白かった。

感想を待ったが、川はそれきり黙りこくる。クーラーの音とせせらぎが、他に誰もいない教室に不思議な静寂を生んでいた。

つぷり、私は川の上流に指先をそっと入れ、ゆっくり手首までひたす。

「いいね、冷えてるよ、きみ」

――うん、冷えてると思う。

きっと、ひたした手首から直接、私の鼓動は伝わっているはず。上流から下流にかけて、私の今の気持ちが筒抜けなのは恥ずかしい。でも、川も川で、波紋がどんどん増えていく。水面に映る私の顔が歪《ゆが》んで消える。

「お、いいじゃん」

最悪のタイミングで浦部たちの声が聞こえた。男子は人工芝のある第二グラウンドでフットサルをしているはずだが、やっぱり抜けてきたらしい。私がそれを咎《とが》められるはずもない。

ただ、ここから先のことは今でも後悔している。

「足いい？」

私に聞いているのか川に聞いているのかわからないが、答えも待たず、浦部は砂をまぶしたような素足を思い切り、川の底めがけて突っ込んだ。川は一気に縮こまる。それでも浦部は目をつぶったまま「あー、気持っちぇえ」と肺から直接出たような声を漏らす。共感は、禁じ得ない。だからって、またも私は同じことを繰り返した。他の男子たちも土埃《つちぼこり》で汚れた足を突っ込んでは、「ああ」だの「うう」だの、次々に「生き返」っていく。ついには「これ冷やそう」と缶のコーラを突っ込む奴も現れた。

川が明らかに濁り出す。男子たちの汚れた素足のせいで、泥色に変わっていく。やめて、とは言えない。私はとっくに蚊帳《かや》の外で、認めたくないけれど、結局この男子たちが怖いのだ。

「布施さん悟ってるよね」

違う。他の女の子達が期待しているような人間じゃない。ただ、ぜんぶ、下手なだけ。好きな人が濁っていくのに、今もこうして「やめて」の一言も叫べない。

結局、川は氾濫した。

――『川が氾濫する』で思い浮かべる状態になるよ。だって、川だから。

本当に、その通りで一気に増水して横溢《おういつ》。濁流と化した川は教室の小窓を突き破る。破片、クラスメイト、私、文化祭実行委員会からのお知らせ、ぜんぶ飲み込み、廊下から階下に向かって勢いを増して流れていく。私は柱につかまろうとするけど、ソフトテニスも休むような女に激流を耐える力などあるわけもなく、気づけば濁った川の中、目も開けられるままもがき続けた。口の中、大量に水が入る。妙に、しょっぱい。たぶん、この増水分は全て涙なんだろう、まさか男子どもの汗じゃないだろう。顔にこれまで投げ込まれてきたゴミやら枝が当たる。

「堤防になれなくてごめん」

聞こえるわけないけど、口から気泡を出しながら、私はごぼごぼ謝る。私の涙が川に混じる。私は、必死に、鳩尾《みぞおち》を殴りつけるかのように押し寄せている水流を、その流れごと、全身で受け止め、抱きしめた。ふくらはぎの間をすり抜ける何かは、たぶん鮎だ。鮎はもう解禁されているんだっけ、缶が激しく頭にあたり、意識が途絶えた。

あれから、もう三年が経つ。

また、夏だ。

大学からの帰り道、夜空を見上げる。澄み渡った世界の真ん中、天《あま》の川《がわ》がすうっと輝き、流れている。あの流れの一部に、川はなれただろうか。

――いや、死んだみたいに言うなよ。まあ確かに、高校のグラウンドがあんなに水はけがいいとはね。助かった。

今は同じ大学に通う川が隣で相変わらずせせらぐ。教師を目指すらしい。

ダキョウソウ

ダキョウソウの鉢が一人暮らし世帯のベランダに並ぶようになって久しいが、私は数少ないダキョウソウ〝ガチ勢〟を自任している一人だ。

「ダキョウソウ」。漢字で書けば当然、妥協草。正式名称は何度聞いても忘れる。多年草で、丸くて大きな葉っぱを茂らせ、桃がかかった白色の、睡蓮《すいれん》によく似た放射状の花弁を持つ。そして何より、あらゆることに妥協してくれる。

しっかりと世話をすれば、それはもうどんなおしゃれ系雑誌の表紙を飾ってもおかしくないほどに、美しい花を咲かせるこの植物だが、適当に放っておいても、まあまあ育ってくれる。

ほとんど水を与えなくとも、あまつさえエアコンの室外機の真ん前に置かれたとしても、だらだらと、クリーム色といえば聞こえがいいが、喫煙席の壁紙みたいな色の花弁を開く。

この全体から漂う「まあこれで良いか」という諦念《ていねん》は、かつての女子小学生たちの下敷きに出現した「こげぱん」を始めとする、なんともいじらしいキャラクターを彷彿《ほうふつ》とさせた。というか、現在このダキョウソウブームを支えているのは、私と同じくかつて「こげぱん」を愛した元女子小学生たちだ。

ダキョウソウの妥協っぷり、その極め付きは受粉にある。

生命の根幹、これすら妥協する。

他の植物同様に、この花にも中心には粘性のある柱頭《ちゅうとう》を冠した雌蕊《めしべ》があり、囲むように先端に花粉をくっつけた雄蕊《おしべ》が生えている。その花粉が風や蜂の働きによって柱頭にくっつけば、めでたく果実がなる。この基本は一緒だ。でも、このダキョウソウとくれば、別に花粉じゃなくても受「粉」する。早い話が、なんか粉状のものなら、例のごとく「まあこれで良いか」となんでも受粉してしまうのだ。

「粉状のものって？　砂でも？」

「うん、砂でも、のりたまふりかけでも」

中学一年の時、私にダキョウソウの驚くべき生態を教えてくれたのは、小学校から一緒の萩《はぎ》だった。彼女もまたかつて「こげぱん」を愛した同志だ。小学校の時、昼休みを過ごした図書室も、中学に入るとバスケ部の男子が机に突っ伏して眠る場所になってしまい、はじき出された私たちはプールへ通じる階段に腰掛けて、互いのメガネのフレームを褒《ほ》めあって過ごした（当時、流行していた縁の太いメガネを私たちは小馬鹿にしていたし、そのせいか私は今も縁の太いメガネがかけられない）。

「じゃあ、のりたまで実がなるってこと？」

「一応、なるにはなるけど、タネはないんだって。代わりに受粉したものが真ん中に入っている。のりたまでも」

じゃあ想像妊娠だ、と言えば萩は口蓋《こうがい》に紙でも貼り付いているような笑い方で私の肩を押す。私は歯列矯正のワイヤーにさっき食べた海苔《のり》がついていないか不安で口を閉じたまま笑ったが、ダキョウソウの花言葉が「特になし」だと知って、いよいよ大きな声で笑った。

二人して、同じ高校に進学した。高校でも外階段に腰掛け、小テスト用の英単語帳だけ一応持って「phenomenon」の語感を繰り返し楽しむ、オフビートにもほどがある青春を過ごした。おそらく私たちは今後とも色恋などとは縁遠い日々を送るだろうが、「その時は一緒の墓に入ろう。宗教お揃《そろ》いにしよう」なんて話しながら。

とはいえ大学まで一緒とはならず、私は地元の大学に進み、萩は上京し、自然と会う機会も少なくなった。

私は大学で孤独を深める一方、萩は英語劇サークルで出会った先輩と普通に付き合い出した。東京の私立大学じゃ出会いも多いし、別に、普通のことだ。お盆の帰省時に見せてもらった写真には、鼻が大きくて優しそうな男性が笑っていた。黒縁メガネをかけていたのが、ちょっと悲しかったので、ごまかすために「鼻が大きい人、ちんちんも大きいんだってね」とだけ言った。その時、萩は笑ったんだっけ。

順調に交際を続けた二人は五年前に結婚。わざわざ家賃の高い東京に、共働きで暮らしているという。まあでも、なんというか、萩は「妥協した」のだと思う。そうでなくては、かつてあれほど小馬鹿にしていた黒縁メガネの男性を選ぶわけがない。自分を好いてくれる人が今後現れるかどうか勘案し、気楽さと寂しさを天秤《てんびん》にかけ、最終的には実家がどうのこうのと折り合いをつける形で、妥協した。賢明だよ、萩の判断は、まったく。


思えばその頃からだ。

私が「ダキョウソウ」ガチ勢になったのは。

仕事終わり。スーパーに寄ると店先でダキョウソウが何もかも諦めたように、だらりと葉を垂らしていた。いつもの光景のはずが、なぜかその日は違って見えた。私は保護するかのように購入すると、その足でホームセンターに向かい、取り敢《あ》えずの一式を揃える。妥協なんて、ダサい。させない。許さない。

こうして、ダキョウソウに一切の妥協を許さない暮らしが始まった。

幸い、地元市役所の職にありつけたので、就業中以外の時間を全てダキョウソウに費やすことができた。萩以外に新しい友人もいないので、地球の誰よりも早く帰宅すると、湿度、温度、共に調整してあるダイニングに並べたダキョウソウたちの様子を確認。今日も彼らは艶《つや》やかに葉を茂らせ、ロンドンの近衛兵《このえへい》のような厳粛《げんしゅく》さをもって私を出迎える。

「ただいま」

鉢皿にたまった水はすぐに捨て、敷いたウッドチップの乾燥具合をチェック。それに応じて専用霧吹きで葉の裏と表、一枚一枚に水を吹きかけていく。葉の根元にたまるとカビが発生して、それを「受粉」しかねないので、多すぎた場合は布で念入りに拭き取る。

甲斐甲斐《かいがい》しい世話のおかげで、エデンと見紛《みまが》うような美しい、白桃色《はくとういろ》の花弁が無機質なダイニングを彩った。思わず、スマホで写真を撮った。誰かに見せたい。でも両親に見せれば「花も良いけれど」の前置きで結婚云々《うんぬん》と切り出されるのが目に見えている。

じゃあ、やっぱり、萩だ。

「ダキョウソウに一切妥協を許さない、それが私だが？（画像）」

すぐに既読がつき、「すご。むしろ虐待では？」と返ってきた。「ヴィーガンに怒られるかな？」と返せば、見たことないパンダのスタンプが「そういうこと！」と親指を立てる。どういうこと。

　ほぼほぼ萩への当てつけ、というか嫌味として育て始めたダキョウソウだけれど、いざ、その成果が実ったときに報《しら》せたくなるのは、萩だけだった。


　うっかりダキョウソウが受粉しないように、粉状のものには特に気をつけた。外の砂塵《さじん》を持ち帰らぬように玄関で服を脱ぎ、そのままシャワーを浴びると、念入りに身体《からだ》を拭いて、全裸にマスクという変態じみた格好のまま、肝心の「受粉作業」に入る。

　耳かきの梵天《ぼんてん》で慎重にダキョウソウの花粉を採取すると、待ち構えている雌蕊の柱頭に擦《こす》り付ける。想像妊娠なんかさせるものか。プライベートを全て明け渡し、このダキョウソウに費やしているのだから。やがて子房《しぼう》は果実へと変わり、熟した中から「純正」のダキョウソウの種子が手に入った。掌《てのひら》に載った、種を眺めると、妥協しなかったことに誇りを見出す。

　目に見える成果を手にすると、余計にダキョウソウへの愛が増幅する。愛は滑《なめ》らかに執着へと変わり、いよいよ私の部屋はダキョウソウのためだけのものになる。

ダイニングも私の寝室も全てダキョウソウに譲渡し、私はバスタブの中、屈葬《くっそう》されたように眠った。

交配作業にも慣れてくると、今度は妥協させないのでなく妥協できないダキョウソウが欲しくなる。

数ある株のなかから、手間がよりかかるもの同士を掛け合わせ、どんどん「妥協できないダキョウソウ」を誕生させていく。自分の環境に妥協できないので、徹底的に管理しないとすぐに枯れてしまう。ダキョウソウの風上にもおけない品種だ。だからこそ、美しい花が咲いた時の喜びもまたひとしおなのだ。

「(画像)」

「花の写真だけ送られても！」

でも本当は、こうして萩に生存報告したいだけだったのかもしれない。

だから、というのも変だけれど、萩が交通事故で急死したという報せを受けたとき、斎場で久々に会った萩のお母さんに変なお願いをしてしまった。

「あの、少しだけ。萩の遺灰を分けていただけないですか？」

同じ墓に入ろうだなんて約束、とうに忘れていたし、いざ大人になってみるとそもそも萩が入るお墓は決まってしまっていた。

萩のお母さんも戸惑っていたけれど、最終的にわざわざ分骨用の、小さな骨壺《こつつぼ》に入った遺灰を持ってきてくれた。果たして鼻の大きな旦那さんに許可を得ていたのかはわからない。

「いつもね、あなたのこと話していたのよ、距離が遠くて寂しいって。お花屋さん？　一人で経営ってすごいわね」

曖昧《あいまい》に頷いて、萩の家を後にする。

お花屋さんではないのだが、訂正はしなかった。萩が、私のダキョウソウについて話してくれていたのだろう。斎場からの電車、骨壺はカバンに入れると中身が溢《あふ》れそうなので、膝《ひざ》の上に載せ両手でそっと包んだ。


「ただいま」

ひんやりした空気が、眼の縁にわずかに滲《にじ》んだ涙を自覚させる。私は服も脱がず、シャワーも浴びず、そのままダキョウソウの立派な花が並ぶ前に立つ。骨壺の蓋を開ける。深く呼吸して、そっとその上から遺灰を撒《ま》いた。萩だった粉が、湿度、温度、完璧に調整された部屋に舞う。

交配を繰り返して、すっかり弱くなったダキョウソウたち。遺灰という闖入者《ちんにゅうしゃ》に当惑している、ように見えた。どんだけ軟弱なんだよ。まあ私がそうさせたんだけど。

いつものようにスマホでその様子を写真に収める。

「あんたの遺灰ですぐ枯れそうなんですけど（画像）」

もう、既読のつくことのない画面を放り投げ、バスタブの中で、蹲《うずくま》る。私の中にダキョウソウを育てる理由が、何ひとつ残っていないことを認めると、ようやく声に出して、泣いた。泣いて、泣いて、ダキョウソウの花言葉を思い出して、少し笑った。

溺死ロック

売れないということは、長生きするということだ。少なくとも俺らの世代のバンドマンにとってその言葉は皮肉でなく、切実なまでの現実として立ちはだかる。

溺死系、というジャンルが勃興して数十年。音楽的系統こそ古き良きガレージロック路線といえそうだが、本質はそこじゃない。客が熱狂すればするほどその体温でライブハウスの天井からワイヤーで吊り下げられた巨大な氷塊《ひょうかい》が溶け、水位が上がり最終的に客もバンドマンも溺れて、死ぬ。だから、溺死系。救命ボートの類《たぐい》も一応用意はされているが「熱狂に殉死」が謳《うた》われたこのシーンにおいて、溺死こそが紛《まぎ》れもない名誉だった。

ところが俺がギターヴォーカルを務めるロックバンド「タイガー・アッパー・カット」とくれば溺れさせるどころか誰かの膝小僧すら満足に濡らせずに、三十代後半を迎えていた。陰で「乾きもの」なんて揶揄《やゆ》されて久しい。

「ダチュラが消えて、ちょうど二十年か」

ベーシストのジュンが、主戦場としているライブハウス「ボノボ」の壁の上部を睨《にら》みつけながら、つぶやく。目線の先、コンクリートうちっぱなしの壁には赤い線が躊躇《ためら》い傷のごとく無数に引かれていた。これらは氷が溶けて上がった水位を示したものだ。どの線にも小さく年数とバンド名が書かれている。その中で未だ前人未到の水位を誇っているのが、溺死系を牽引《けんいん》し続けたあの伝説のバンドだ。

「19××・ダチュラ」

実際にこの文字が書いてあるかどうかを確認するには高い脚立《きやたつ》が必要だ。仰げば尊し、この赤い線が示すかのダチュラが叩き出した水位は実に床上約八メートル。溺死系の総本山「ボノボ」の天井より少し下のところで、彼らの生きた証《あかし》は俺たちを見下ろしていた。

それは伝説のライブだった、らしい。

らしい、というのは俺とジュンはそのライブに参戦できなかったのだ。

まだ高校生だった俺らは青臭い殉死の覚悟を胸に、学校をサボって当日券のチケット売り場に駆けつけた。もちろん溺死ライブにキャンセルなんて出るはずがない。

皆が皆、懐《ふところ》に遺書を忍ばせてきているのだ。悔しいが俺たちは出遅れたガキに過ぎなかった。

だからこそ、明くる日になってダチュラの「水位」を知った時、手の甲を噛《か》みちぎらんばかりに身悶《みもだ》えした。どうせ死ぬなら、ダチュラの音楽で溺れ死にたかった。俺らだけじゃない。あの時、ロックにかぶれていた高校生は皆そう願い、溺死系バンドに傾倒していったのだ。

あれから二十年。溺死系は当時の勢いこそなりを潜《ひそ》めるも、今もなおシーンとして存在している。欧米からも極東のイカれた文化の代表として「harakiri」と同様「dekishi」は広く認知されているし、カート・コバーンが生前、ダチュラと対バンしたがっていたことが当時の日記から明るみに出たのも記憶に新しい。

俺たちはその系譜を継いでいる古参だ。

継いでいるのに、「乾きもの」だ。

いくら吠《ほ》えても、掻《か》き鳴らしても、てんでライブハウスの温度も湿度も上昇しない。そりゃ確かにタイガー・アッパー・カットは、ダチュラの焼き直しにすぎない。

メロディラインはおろかコード進行すら、敬虔《けいけん》なまでにダチュラのものを踏襲している。いっそコピーバンドの方がよほど盛り上げることができただろう。だが、あくまでも、ダチュラは超えるべき存在なのだ。それが溺死できなかった俺たちの贖罪《しょくざい》であり、使命としてあの日、手の甲に刻印されたものではなかったか。


「子供が生まれるんだ」

ジュンがそう告げたのが、半年前。

今日「乾きもの」こと俺たちタイガー・アッパー・カットは解散する。

ダチュラが溺死した、あの行けなかったライブと同じ日に。


開演の一時間前。

とっくにテクリハを終えた俺は、会場へと出る鉄扉の隙間《すきま》よりこっそり客席を窺《うかが》う。ヒヤッとした空気が襟首《えりくび》の隙間より入り込んで裾より抜け、一瞬にして粟《あわ》立《だ》った肌は、客席の様子を認めるや否や、全く別の意味での鳥肌へと変わる。鼓動が高鳴る。

まったく、乾きものだったんじゃねえのかよ。

会場を埋め尽くすほどの客が俺たちのライブに馳《は》せ参じてくれていた。年齢層は俺たちと同世代、つまり溺死系ど真ん中。かじかむ手を吐息で温める彼らの懐からチラと白い紙も覗《のぞ》いている。遺書だ。溺死系の古参である俺たちの解散ライブを、客は死に場所として選んでくれた、というのか。胸が熱くなる。高き天井に鉄ワイヤーで括《くく》り付けられている、恐ろしく巨大な氷塊の表面はすでに客の体温で、溶け始めている。

「本物の遺書は、はじめて見ましたね」

サポートメンバーでドラマーの細田《ほそだ》が珍しく興奮している。一回りほど若い彼は、もともと溺死系出身ではない。むしろ文系ロック直撃世代だ。当然ながらダチュラの現役時代を知らない。というかダチュラの演奏を聴いたことすらないだろう。そんな彼であるが、文系ロックを志すなかで「一期一会」の思想に感化され、水位が上がれば取材メモはもちろん機材すら水没して音源も残らない溺死系という特異なジャンル様式に魅了されると、約十年前に俺たちのバンドに加わった。

「良いライブほど音源が残らないって、すごくないすか?」

そう言って目を輝かしていた彼はまさか自分が十年後、膝すら濡らせないまま二十代を終えようとしているなんてゆめゆめ思わなかっただろう。

「今日だけは、濡らしてやるよ、細田」

「なんか卑猥《ひわい》すよ、それ」

後ろでジュンも、くくと笑った。


開演。万雷の拍手と声援、そして爆音とともに、俺たちはステージの上に立つ。観客の熱気と氷塊の冷気によって生じた溺れ雲が早くも視界を白く濁らせていた。こんな一体感、溺死系を謳っておきながら今まで感じたことがなかった。天井からの小糠雨《こぬかあめ》が容赦《ようしゃ》なく俺たちを濡らす。まだだ。まだ、水位は客の足元にすら及んでいない。


「みんな、乗ってるかー」

開口一番、客らに敢《あ》えて化石のようなコールを投げかける。ダチュラへのオマージュでもある。俺の呼びかけに、地響きのようなブーイングが響く。血が湧く。その通りだ。乗るような奴は、ゲスだ。クズだ。溺死しねえとロックじゃねえ。

セットリストは実は決めていない。技術スタッフは開演前に帰らせている。だから、その場のノリで、演奏曲を決める。この辺りは細田の「一期一会」に俺が影響されたのかもしれない。そして俺が一曲目に選んだのはタイガー・アッパー・カットの曲でなく、まさかのダチュラの代表曲『血猿《ちざる》』であった。

コピーはしないんじゃねえのかよ、ジュンは目で笑いかける。え、この曲知らないですけど、細田は狼狽《ろうばい》する。まったく自分でも驚いた。この曲は俺たちが行けなかったあのライブでも演奏されたらしい、曲だ。本当に演奏されたのかは例によってわからない。それでも、俺たちの運命を決定づけたナンバーで、この解散ライブはこの曲で始まるべきなのだ。客の熱気がうねりをあげて、頭上の氷塊を溶かしていく。音が、次の音を殴っていく。熱が血液に混じる。気づけば、水位はもう膝頭まできた。既に足元のアンプは水没し、演奏は殆《ほとん》ど意味をなしていない。ただ客の熱狂だけが渦を巻く。頭上を睨《ね》め付ける。汗と冷気の靄《もや》の向こう、赤いラインが見える。

「超えてやる！」
水は会場全体を飲み込み、既に胸元にまで迫ってきている。ふやけちまった遺書、急性薬物中毒か何かで死んだ奴などがすぐ横まで流れてきた。これだ、これなんだ。溺死系の系譜に今、自分が直《じか》に繋《つな》がったことを実感する。いつの間にか、細田のドラムも聴こえない。振り返ればドラムセットは沈み、姿も見えない。椅子に座っていた分、俺たちより早くに溺れたのだろうか。まさに一期一会の陶酔と高揚、そのなかで苦しまず往生したことを祈るだけだ。

何曲演《や》っただろう。既に大半の客は溺れ、わずかに残った客も、まるで立ち泳ぎのような姿勢で、乗っている俺とジュンに手を伸ばす。たまらず俺らもダイブする。禁止されていることだが、気にするか。俺とジュンは仰向《あおむ》けになると、とっくに音の絶えたギターとベースを水泡と共に掻き鳴らしつつ、間近に迫った氷塊に向かって、この二十年で作った全ての楽曲をデタラメな音程で、覚えている限り、怒鳴《どな》り続けた。どんどんと口に水が入るため殆ど歌にならない。こんなの、ただのうがいだ。

「19××・ダチュラ」

気づけば、仰げば尊し赤い線が、目線のわずか下で水に沈んでいる。

ジュンも、俺も、ゲラゲラと笑った。

「鼻血、ほら」

ジュンは俺の鼻血を親指で拭《ぬぐ》うとその血で壁に「20××・タイガー・アッパー・カット」と、辛うじて読める程度に、書きなぐった。どうせすぐ、消えてしまうだろう。でも、良い。

「乗ってるかーい」

ジュンに問いかける。

「乗ってるぜー」

その通り、俺とジュンは残念ながら救命ボートに乗っている。さっきのダイブで最後の客も沈んでしまった。乗るような奴はロックじゃやねえ。溺死しねえとロックじゃやねえ。

全く、俺たちはロックじゃない。

俺は改めて妻、ジュンの大きくなったお腹《なか》をさする。売れないということは、長生きするということだ。だったら、長生きしてやろうか。乾きものとして。

なみちゃんのぜいご

なみちゃんのシャツから覗《のぞ》くわき腹に、なんだかギザギザしたものが見えた。ただその時はなみちゃんが今にもウンテイから落ちそうだったので、気にしている場合ではなかった。あとで担任の城野《しろの》先生に聞いてみたらそれは「ぜいご」というもので、しかもそれを見つけた私は「大手柄！」らしい。

先生は私をゴールデンレトリーバーと間違えているんじゃないかってくらい、わしゃわしゃと頭を撫でた。でも「ぜいご」が何なのか、先生は教えてくれなかった。いや私が聞かなかったのか。そのあたり忘れてしまった。

帰ってみるとお母さんは一階リビング奥のキッチンで夕ご飯の準備をしていた。調理台を背伸びして見る。「またお魚?･」がっかりだ。

「ただいま、は?･」

「ただいま」

「お魚だっておいしいでしょう」

「お魚もおいしいときはある」

「じゃあ食べなさい」

「でも今日はおいしくないかもしれない」

「じゃああんた一生、お魚とお肉、どっちかしか食べられないとしたらどうする？」

これは悩む。私は一生懸命、考えた末に「ポテトサラダ」と答えた。

料理の手が止まり、お母さんは体をくの字にして笑う。私もつられて笑う。でもちょっと、罪悪感。きっとお母さんは私がトンチンカンなことを言うものだから笑っているのだろうけど、本当はお母さんが笑うと知っているからポテトサラダと答えただけ。何年も小学生をやっていると、これくらいのことはわかる。

でも、わからないこともある。

例えば、

「お母さん、ぜいごってなに？」

ゼイゴ？　ようやく笑い終わったお母さんはまな板の上で寝っ転がるアジの、お腹《なか》から尻尾《しっぽ》の方に向けて包丁をギコギコと動かす。三角形が連なったトゲトゲしたものをつまみ上げ、「これのこと？」と私に見せる。

ドキリとした。なみちゃんのわき腹にあるものとそっくりだった。

「家庭科で習ったの？」

「家庭科じゃないよ。なみちゃんのわきに見つけたんだ私が。それを先生に言ったらすごい褒《ほ》めてくれたんだよ」


きっとお母さんにも褒めてもらえる、そう思って私はウキウキと報告した。

でも、お母さんの顔が曇って包丁の手が止まる。急に換気扇の紐を引っ張った。火なんか使っていないのに。ブウンと唸《うな》る音。私は、そっとキッチンから自分の部屋に戻った。なんでなのかわからないけれど、お母さんは泣きそうになると換気扇をつける癖《くせ》がある。お父さんがいなくなっちゃった時もそうだった。でも、今回は本当に理由がわからない。

翌日。いつも通り登校して、朝のホームルームが始まるのを待つ。

城野先生が入ってきた。普段より顔がこわばっているみたい。

何より、城野先生の隣にはなみちゃんがいた。下を向いたまま、上履きを窮屈そうにトントンと鳴らす。

「食育」、いつの間にか黒板にデカデカと城野先生がこんな二文字を書いていた。

「この言葉、覚えているかな？」

みんなは様子を窺《うかが》いながら、恐る恐る手を挙げる。もちろん覚えている。なみちゃんも、最後には手を挙げた。下を向いたままだったけど。

「みんなも知っている通り、人間はいろんな生き物の命をいただきながら、生きているよね。例えば、えーと、テル、昨日の晩御飯は何だった？」

クラス一番の肥満児であるテルくんは、いきなり名指しされことに驚き、首をすくませる。ただでさえない顎《あご》が完全に埋まり、溶けかけたバニラアイスみたい。

「チキンカツです、あ、でもキャベツもたくさん食べました」

クラスのみんなが笑った。テルくんは顔を真っ赤にして「鶏肉は太らないからいいんだって！　お母さんもいっぱい食べた」と興奮する。あんまりにも一生懸命だったもんだから、私も笑った。

「はい静かに。別にテルが太っているとかは今関係ないだろ。大切なのはテルが昨日、鶏の命をいただいたってことなんだ。みんなわかるか？　昨日、テルが食べたチキンカツだって、学校の飼育小屋にいるヒナと同じ命だ。当たり前のように僕たちはお肉やお魚、お野菜をいただいているけど、そのことをみんなはちゃんと理解して、感謝できているかな？」

言われてみれば確かにそうだ。飼育委員の私は、なんだかむずがゆい気分になる。

「そして、ここからが本題だ。みんな気になってると思うけど、なみの話なんだ。実は、なみのわき腹にゼイゴが見つかって、ううん、ゼイゴって言ってもわからないか」

「はい！　アジにあるものって、昨日お母さんが見せてくれました！」

私はちょっと得意げ。鼻を膨《ふく》らましつつ、答えた。

「そう！　アジやその仲間にだけ付いている鱗《うろこ》が硬く硬く変化したものなんだ。ということは、どういうことか。なみ、自分の口からクラスのみんなに言えるね？」

なみちゃんが顔を上げる。今まで見たことのない、ぼうっとした顔。水面《みなも》に映っている、みたいな表情。ふと、目があった気がした。微笑《ほほえ》みかけたけど、なみちゃんは返してくれなかった。

「私は、お腹にゼイゴがあります。つまり、私はアジ、あるいはアジの仲間です。隠していたわけではありません。私も昨日知りました。とてもびっくりしています」

一瞬、教室が静まりかえって、やがて爆発したかのように騒がしくなる。

「知らなかった！　ねえ、どんな感じになるの？」「痛！　先生、ギザギザ触ったら血が出ましたあ！」「ホントだ痛い！　先生！　ここすごい尖《とが》ってる！」

城野先生は暫《しばら》くその様子を眺めているようだったけど「ところで」、急に声のトーンを落とす。つられて、みんなも黙る。

「みんなに考えて欲しいのは、一緒にこれまで勉強したり遊んだりしてきたなみをどうしたいか、ということなんだ。これまで通りか、それとも、なのか。今、結論を出さなくていい。お家《うち》に帰って、お父さんお母さんと相談してから決めよう。いいね。これは命について学ぶ本当に大切なことなんだ。テル、ヨダレを垂らすのはまだ早いぞ」

袖で口を拭《ぬぐ》うテルくんの仕草に、また笑いが起こった。

その日は一日中、なみちゃんの話題で持ちきり。熱気は放課後まで続いた。正直、なんだかなあって思う。なみちゃんは運動、勉強だって人並み。塾は一緒だけど、私の方が成績はいつも上だし、ラメペンだって私の方がたくさん持っているし、それに……あれ、何か忘れている。そうだ。うっかりしていた。今日は私がヒナちゃんの掃除当番だった。

急いで教室から出ようとすると、なみちゃんがホームルームの時みたいに、チラッと私の方を見た。私はもう一度微笑みを投げ返す。なみちゃんは口だけ動かす。

「あ、ん、た、の、せ、い」

夕暮れの飼育小屋で、黙々と今日産まれたばかりの卵を優しくケースに入れていく。本当は朝やらなくちゃいけないのを忘れていた。

「どうしたの、元気ないじゃん」

この声を聞くと、ホッとする。なんだか色々と打ち明けてみたくなる。

「あのね、なみちゃんがね、ほら塾も一緒だったなみちゃん」

「うん」

「がね、ちょっとだけ、お魚だったの。アジの仲間なんだって」

「うん、えなに、今更?」

去年までクラスメイトだった木原《きはら》ひなのちゃんが立ち上がる。それに驚いて卵を落とし、割ってしまった。あちゃ、勿体《もったい》無い。また城野先生に怒られる。

「じゃあヒナちゃんは知ってたの?」

「うん。あれかな、わたしみんなより目線が低いから。見上げるとわかっちゃうのかなあ。だってウンテイの時に見つけたんでしょう?」

なるほどね。ヒナちゃんは頭が良い。ヒナちゃんは去年の「食育」授業の議題に上った友達だ。テルくんが「毎日オムレツ食べたい」って言ったので、卵を産むために飼育小屋に住むことになった。

「それでね、なんか罪悪感があるんだよね」

「罪悪感、なんで?」

「ううん、わかんない」

飼育小屋の掃除もいち段落。ヒナちゃんはその間、本当は私立の中学校を受験する予定だったとか、お兄ちゃんが自分のせいでからかわれているとか、「とにかくあの時は散々だった」と話してくれた。どれもこれも今の私には難しい話に聞こえた。ランドセルについたおがくずを払う。

「それじゃ、帰るね」

私がそう言うと、ヒナちゃんは私の手のひらに温かいものを置いた。さっき産まれた卵だという。

「持って帰れば」

そう言ってヒナちゃんは「ヒナちゃんの箱」に入ってしまった。

帰り道、まだ温かい卵を慎重に運びながら、城野先生が言ったことを考える。なみちゃんをどうしたいか。どうしたい、ってどういうことだろう。なみちゃんとは、ずっとこのままがいい。だって、あれ、なんでだろう。たぶん、お魚がきらいだからだ。うん、きっと、そうだ。だから、私のわきにも今朝から同じのが生えてきていることはみんなには黙っていよう。

ヨミコはすべり台

すっかり懐《なつ》かれてしまったが、ヨミコはすべり台だ。

名前も製造番号の末尾三桁を語呂合わせでつけただけで、とくに意味はないし、当然すべり台にオスもメスもない。

そろそろ遊具として独り立ちしても良いはずだが、ヨミコはずっと僕のそばから離れない。階段も滑降部《すべるところ》も、乳幼児らが遊べるほどの大きさに成長しているというのに。

ヨミコは自分の滑降部の先端を「ふんふん」と楽しげに僕のよこっぱらに押し付けて甘えっぱなしだ。

可愛くないといえば嘘《うそ》になる。

痛くないといえばもっと嘘になる。

だから度が過ぎたスキンシップをしてきた場合は二本指をヨミコの滑降部にトコトコと這《は》わせることにしている。するとますます縁《へり》の部分は丸みを帯びて、やがて温順《おとな》しくなる。

実はこの丸みを帯びさせることこそが遊具（僕の場合はすべり台）を育てる上で最も大事なことなのだが、いかんせんヨミコは元気が良いのでついついそれが後回しになる。少し、甘やかしすぎたのかもしれない。静かになったヨミコをまた興奮させないように、音を立てないように牧舎を出た。

まだ五月だというのに、真夏のような陽射しが容赦《ようしゃ》なく肌を刺す。

川縁《かわべり》より臨海地区にかけて広がる、湿地を含む広大な平原。

それを取り囲むように林立する区営団地の子供らのために、ブランコ、シーソー、登り棒、などなどたくさんの遊具たちがこの平原に放牧されていた。彼らはやがて自身の終《つい》の住処《すみか》を見つけると、そこに根を張り、漸《ようや》く僕たちのよく知る遊具として自立し、子供らに戯《たわむ》れられるのだ。

僕もこの職に就いてからは何百ものすべり台を育てあげ、そして平原へと放ってきた一人だ。自分が育てたすべり台が子供らに遊んでもらっているのを見ると、なんともいえない感慨が胸に押し寄せる。この間も平原でヨミコ同様、僕にべったり懐いていた末尾番号238、「フミヤ」の上にたくさんの小学生たちが群がったり、ちょっとやんちゃな男児が滑降部を逆走したりしている姿を見た時、思わず目頭《めがしら》が熱くなった。

遊具は人肌に触れれば触れるほど、丸みを帯びて接合部分の柔軟性も高まる。つまり、どんどん安全になっていくのだ。皆さんもそんな丸みを帯びた遊具を見かけたら、「安全に設計されてんだなあ」とは思わず、「愛されているんだなあ」とぜひ思って欲しい。

ところが、なかには誰にも遊んでもらえず、放置されてしまう遊具もある。

そうすると、どうなるか。

錆《さ》びた部分は捲《めく》れあがって鋭利に尖《とが》り、あらぬところからボルトが露出したり、柵が外れたりと、すっかり危険なものになってしまうのだ。多くの人はこれを経年劣化だと思っているようだけど、実は違う。

草食恐竜のアンキロサウルスがあんな重厚な鎧《よろい》を纏《まと》っていたように、外敵から身を護《まも》る手段として変化していったものだ（もちろんトリケラトプスは自然選択による進化だけど）。

そして、これこそが遊具たちの悲しい運命でもある。誰からも相手にされず自分自身で身を護ろうとした結果、たまさか好奇心旺盛な男児などにちょっかいを出されて、その子が怪我《けが》をすれば、遊具に待ち受けるのは「撤去」という残酷な最期《さいご》。僕らでいうところの「死」だ。

そして、撤去するのは公園を管理している自治体の職員である。

「子供たちの安全のためにも、素早い撤去を心がけています」とかなんとか綺麗事《きれいごと》をぬかしている様子をたまにテレビで見かける。

そのたびに、ぶつけようのない憤怒《ふんぬ》を持て余し、すべり台を撫でてごまかす。

せっかく育てた遊具たちに、そんな悲しい末路を迎えさせないためにも毎日毎日、しっかり愛情を注がないといけないのだ。丸みを帯び、人慣れした状態で平原に放せば自然と子供たちが寄ってきてくれる、そう僕は信じている。


その夜、嫌な客が嫌な知らせを持ってきた。

夕飯も食べ終わり、ソファでヨミコの下顎《したあご》を撫でながらくつろいでいれば、呼び鈴の音。滅多《めった》に来客がないものだから、ヨミコもびっくりして、少しばかり縁の角度がしゃきん、ときつくなる。

「すみません、区民安全課のものですが」

時計を見る。すでに二十時を回っているというのに、区の職員がわざわざ訪ねてくるとは何事であろうか。

ドアを開ける。四十代くらいであろうか。区民安全課のなんとか氏は挨拶もソコソコに、一枚の写真を差し出してきた。

「最近、こういったタイプの奴らがこの近辺で増えてきているのはご存知ですよね？」

もちろん、僕自身も最近、彼らの登場には気を揉《も》んでいた。

写真には複合タイプの遊具、つまりは、すべり台、タイヤブランコ、ターザンロープ、うんてい、背もたれが湾曲したストレッチ用ベンチ、などが一緒くたになった遊具が収められていた。

僕は応える。

「ええ、存じています。遊具もあなたたちに撤去されたくない一心なのでしょうね。だから、うんていのように単体ならそこまで人気のない遊具でも、ターザンロープのような人気遊具と接合すれば、どちらかを目当てにきた子供らに遊んでもらえて、安全性、つまり生存率が高まることを知っているわけです。その繰り返しでこうした複合型の、まるでキメラのような怪獣遊具が増えてきている。僕らとしても遣《や》る瀬《せ》無さを感じているんです。我が子同然のように育てた遊具が、臨海地区の片隅で朽ち果て、撤去されていく。それを食い止める権利は僕らにはない。結果、この子たちは自分らで生き残るために合体していく、それの何がいけないんですか？」

これまで募らせていた鬱憤《うっぷん》を、初対面の職員相手に大人げもなくふっかけてしまった。後ろでうずくまっていたはずのヨミコも、いつになく臨戦態勢である。

「ああと、いえ、何がいけないとかではなく、ちょっと写真のこの部分を見てください」

職員は僕の言葉を柳に受け流すと、写真の、怪獣化した遊具の、前脚にあたる一端を指差す。

「これ、あなたのところで育てたすべり台、ですよね」

驚いた。

そこに写っていたのは間違いなく「フミヤ」だ。

ついこの間、たくさんの子供たちに遊んでもらっている瞬間を見たばかりだというのに。それがどうして複合型遊具に接合されているというのだろうか。だって、フミヤは、とっても素直な良い奴で、十分、独り立ちできていたではないか。人懐っこくそれでいて忠犬のように言うことは聞く、あのフミヤが、どうして。

「そこなんですよ」

男性職員は続ける。

「これは一昨日《おととい》、撮影された写真なんですがね、目撃情報によれば今朝方、さらに多くの遊具らを取り込み、どんどん巨大化しているみたいなのです」

「それはつまり?」

「このまま巨大化すれば、危険きわまりないので子供たちも近づきません。近づかないので子供たちが怪我をすることはありません。ということは撤去の認可がおりません、つまり法的にこの怪獣は、今、無敵なのです」

職員のくちぶりからは、波止場《はとば》のない不安が滲《にじ》みだしていた。

「それで僕に何をしろと？」

「いえ、ですので、お気をつけください、と」

「お気をつけ？」

意味を把握し損ねていたが、職員の視線の方向で合点がいった。

今の話を理解しているかどうかはさておき、ヨミコとくればすっかり怯《おび》えて、鼻先を丸め込んで跳び箱のようになってしまっている。

「ああ、なるほど。そういうことでしたか。わざわざご忠告ありがとうございます」

区民安全課の職員は単純に、育てたすべり台が怪獣遊具に取り込まれないよう、注意喚起をしにきただけだったのだ。

ひとしきり男性に礼を述べて見送る。

「大丈夫さ、気にすることはない」

このあと僕は一晩中、ぶるぶる怯えるヨミコの滑降部を撫で続けることになった。

そもそも怪獣に取り込まれたフミヤのことを考えれば、眠れるわけもなかった。

地響きが、白み始めた夜を割る。

慌てて、カーテン、レース、そして窓ガラスを横に滑らす。なんだ。

窓の外に広がる信じがたい光景に驚愕《きょうがく》、もそうだが、それ以上にひどい悲しみに打ちひしがれ涙が出そうになった。

そこには愛されなかった遊具たちのなれの果てが、いた。

撤去を恐れ、接合を繰り返し続け一つの鉄塊《てっかい》となった怪獣遊具が、子供らの憩《いこ》いの場である平原を移動していた。動くたびに、錆びついた接合部分が軋《きし》み、キイキイと厭《いや》な金属音を発する。慟哭《どうこく》にしか、聞こえない。

高さ八メートル、全長自体は二十メートルほど。

遠目から見れば、巨大な十徳《じっとく》ナイフを背負ったワニの骨格が闊歩《かっぽ》しているように見えるだろうか。

この怪獣遊具を構成するひとつひとつが、ある意味ではネグレクトを受けた遊具たちなのだ。傷つけたいわけでなく、ただ自分の身を護るために武装しただけなのに。巨大な怪獣遊具は鎌首をもたげ、僕とヨミコの小屋に「顔」を向けた。巨大な体躯《たいく》に似合わぬ滑《なめ》らかな動き、おそらく関節部分には一昔前に「安全第一」の名の下に一斉撤去《ジェノサイド》を受け、資材置き場に打ち捨てられた丸い籠状《かごじょう》のグローブジャングルや、傘状の回旋塔《かいせんとう》といった回転系遊具が接合されているのだろう。

怪獣は動き出す。その巨軀《きょく》の顔に当たる箇所から伸びる二台のすべり台を嘴《くちばし》代わりに、地面に生えていた鉄棒をひょいと内側に飲み込んでしまった。それはもういとも簡単に。

飲み込まれた鉄棒は、ガキンガキンと内側に組み込まれた遊具たちとぶつかり跳ね上がりながら、やがて隙間に嵌《は》め込まれ、動かなくなった。あっという間の、接合。

こいつを放置すれば、いずれこの大平原、全ての遊具たちがこの怪獣に接合されてしまうことになる。

子供は決して近寄れない、近寄れないから怪我をしない、怪我をしなければ自治体も手を出せない、自治体が放置すれば、際限なく成長する、この怪獣は、やがて餌《えさ》を求め、区営団地にまで侵入する可能性がある。

僕が止めなければ、誰がこいつらを止めるというのか。

怪獣遊具は湾曲した巨大ジャングルジムの前脚を使って、こちらへと向かってくる。先端は千切《ちぎ》れ、赤錆びた鉤爪《かぎづめ》となっており、地面を深々と抉《えぐ》る。断ち切られた木の根が生々しく断面より露出する。遊具としての自律神経はとうに断ち切られているのだろう。

ヨミコだけでない、こいつら全員を助けてやらねば。

「こっちだ、こっち！」

僕は大きな声で怪獣の気を引く。

子供たちが近づけないのなら、僕が自分から近づけばいい。複雑骨折でも、指、下手すれば腕が切断されたって構わない。彼らを怪獣から遊具に戻してあげなくては。もしそれでこの世から僕が消えたら、その時こそ「ヨミコ」は独り立ちしてくれるだろう。だったら、それでいい。

ところが、ヨミコとくれば相も変わらず可愛いったらありゃしない。僕が決死の覚悟を決めて、怪獣に向かっていこうとすると、まだ短い四本脚で僕の方へと走ってくる。これじゃあさっきの誓いも台無しだ。

「くるな、ステイ！　ステイ！　おすわり！」

僕は叫ぶ。しかし、ヨミコは止まらない。僕が両手を開いて制止しようとしているのを「こっちにおいで」と勘違いしたのか、さらに速度を上げて迫ってくる。

「そうじゃない！　おすわり！　おすわり！　お、す、わ、り！」

そういえば、そもそも僕はヨミコに「おすわり」すら教えていない。ずっと甘やかしてきたのだ。

その代わり、怪獣が静止する。

ジェット機が不時着をしたような、金属摩擦による錆《さ》びきった轟音《ごうおん》が、朝焼けした空を袈裟《けさぎ》斬りにする。

何が、起きたというのか。

突如として大きく前へ傾いた怪獣の巨軀は、そのまま惰性で湿った地面に倒れ込み、横這いになって、やがて、息絶えたかのように、静止した。

そうだ。フミヤだ。僕が育てたフミヤがこの怪獣の前脚に組み込まれていたのだった。フミヤは、とっても素直な良い奴で、接合されても、僕の声と「おすわり」を忘れてはいなかったのだ。

半年が経過した。

僕はまだ例の怪獣の中にいる。

食べられたのではない。自ら選んで中にいる。

なにしろこの怪獣遊具、元は放置された遊具たちだ。しっかり愛情を注ぐ、つまりは撫で回してあげれば錆《さび》やボルトは引っ込んでいく。僕は怪獣を構成している遊具たちをひとつひとつ、丹念に撫でる日々を送ることにした。

今や接合されていた遊具たちも、すっかり丸みを取り戻し、いつでも子供たちを迎えられる状態にある。

それなのに一向に誰もこない。

どうやら怪獣の中で、四六時中、遊具を撫で回している僕のことを、保護者は「危ないおじさん」だと思っているらしい。撫でることに追われ、ロクに風呂にも入っていない。髪も髭《ひげ》も伸びっぱなしだ。まあ、無理もない。

たまに、すっかり成長したヨミコが子供らに遊んでもらっている姿を遊具の隙間から見かける。その時、僕は確かに幸せだ。

春、定年は飛ぶ

今年も、定年退職を迎えた社員がビルから飛び降りる。
これまで数えきれぬほど、退職した上司が飛ぶのを見送ってきたが、今年は違う。
俺が、飛ぶ側なのだ。そして、絶体絶命でもある。

うちの会社は満定年による年度末退職なので、毎年三月三十一日が退職祝いの日に当たる。屋上から下の様子を見やれば、部下や取引先、数年前に見送った上司といった関係者が集まり、すでに缶ビール片手に始めているようだ。去年まで俺もそちら側にいたわけであるが、いざ見送られる側となると、それなりに緊張する。いや、それなり、というのは適切でない。俺は恐怖で、硬直していた。大量に噴き出す冷や汗が、わざわざ妻がクリーニングに出してくれていた背広を、濡《ぬ》らす。汚す。

通常、我々は生涯にたった一度だけ、滑空することができる。

太古の昔であれば、生存のために役立ったであろうこの能力だが、文明社会ではどうしても持て余してしまう。すると面白いもので、およその文化圏においても、なんらかの晴れ舞台に飛ぶ、という慣《なら》わしが生まれ始め、それが今現在も続いている国が多い。例えばアメリカでは大学の卒業式に、角帽と一緒に卒業生も飛ぶし、インドでは結婚式に夫婦が高台から飛び降りて、艶《なま》めかしい空中演舞を披露《ひろう》する。聞いた話では、密林の奥に暮らすある部族では、生まれたばかりの赤ん坊を崖から放り投げ、いきなり飛ばすという。他国の文化にとやかく言う筋合いは無いのだが、本当にそれで良いのかと思わず疑ってしまいそうになる。

じゃあ日本はどうなのかといえば、定年退職の日がそれに当たる。

定年まで飛ばなかった、という事実が仕事から逃げず真面目《まじめ》に職務を全《まっと》うしたなによりの証拠であり、だからこそ定年退職の日に、生涯一度きりの滑空を、世話になった関係者の前で披露する。実際、俺がこれまで見届けてきた上司が屋上から飛ぶ姿はなんとも晴れがましく、その表情はどれも誇りに満ち溢《あふ》れていた。今や終身雇用制度も破綻してしまい、すっかりこうした式自体が時代遅れになりつつあるようだが、うちの会社はなんだかんだ「伝統」の慣性に従っている。

「すごい人だね」

隣で、フェンスに顎《あご》を載せながら、土岐《とき》が呟《つぶや》く。とても小さな声で。

俺と同期入社であり、土岐も今日、飛ぶ。

「……アメリカに留学している娘が、言っていたよ。みんな飛ぶ前から酔い潰れて、飛んでる最中に吐く人ばっかりだってさ」

「そう、か」

恐怖を悟られぬよう、わざとらしく目を細め、春風を頬に受ける。手を離したフェンスに残る汗の跡を、袖でなんとなく拭《ぬぐ》う。

俺がこうして営業部長まで昇進できたのは、この男のおかげである。そして、俺が今こうして死を覚悟しているのもまた、この男のせいである。

土岐。彼は長らく営業部のデータ管理を任されているが、実のところ、とうの昔にシステムごと自動化されており、彼の仕事は今、皆無に等しい。普通、そんな社員は会社に不要である。それでも営業部長である俺は土岐が社に居続けられるようフォローし続けた。周囲からはポンコツ同期を見捨てない人情派と思われているだろうが、まったくもって違う。俺は定年を迎えるまで、あいつの生活を保証しなくてはならなかったのだ。

何せ土岐は、俺がすでに滑空済みの体であることを知っている、唯一の人間なのだ。

「あれから、もう三十年か」

土岐は、金網を指先で玩《もてあそ》びながら独りごつ。

否《いや》が応でも、三十年前の、あの夜の記憶が蘇《よみがえ》ってきた。

三十年前、猛烈の機運が支配的だった時代。俺は昇進するべく、ただただ死に物狂いだった。課されたノルマすらこなせない同僚を尻目に笑い、新規開拓のため、昼夜を問わず働き続けた。

ごくごく稀《まれ》に、ノルマに耐えきれず、新卒が会社の窓から「飛んで」逃げる事例が発生した。今でこそ珍しくないのだが、当時はそれが起こるたびに、部署内が騒然となっていた。俺だけは冷静に、そいつが担当していた案件を勝手に掠《かす》め取り、営業成績に加算する。ほくそ笑《え》みながら、思う。まったく軟弱。あまりにもだ。一度飛んでしまえばもう、世間の評価は薬物使用者へのそれと同じであるのに。目先の苦しさから逃れたいがために人生を棒に振るようなものだ。どうせその後の転職面接で「飛んだことがあるか?」など訊《き》かれた折には、その軟弱さゆえに、正直に「はい」と告白してしまうのがオチだろう。

俺はそんな軟弱な輩《やから》とは違う。たとえ強引な手を使ってでも、生き残り、そして、勝つ。

契約を急ぐあまり、半ば恫喝《どうかつ》に近い形で、競合他社からの乗り換えを迫ったことも一度や二度ではない。逆に気合いの入った接待では、熱海《あたみ》の宴会場を借り切り、コンパニオン数名に大枚をつかませ「熱海の天女《てんにょ》」と称し取引先の狸親父《たぬきおやじ》を抱えさせ夜空を飛んでもらったことだってある。顧《かえり》みれば常軌を逸した行為であったが見事、諸先輩を追い抜き俺は営業成績トップに躍り出た。何を言われようと、結果が全て。張り出された成績表を眺め、しばらく愉悦に浸るも、どうも腑《ふ》に落ちない。

なぜか俺のすぐ下に、土岐の名前があるのだ。

同期入社の土岐とくれば、絵に描いたようなポンコツだった。何年経っても電話対応すらまともにできず、いつだって叱られた雑種犬のような表情を浮かべている。当然ながらそんな奴に営業などできるはずもないのだが、先輩の異動で引き継いだ得意先、さらにそこから繋《つな》がった別の顧客まで運よく獲得していた。土岐の顧客はみな一様に、奴を甥《おい》っ子のように可愛がった。何を言っても、例のふやけた笑みを浮かべるだけで、気の利いたことなど何も言わない。なのに、だ。これで、営業なのか。ふざけるな。自尊心を捨て、玩具《おもちゃ》に成り下がった男が、どうして俺の座を脅《おびや》かせるというのだ。

土岐への敵愾心《てきがいしん》は、俺を深夜の社屋に向かわせた。

警備員の足音に耳をそばだてつつ、部長のロッカーを素早く開け、書類の束を取り出し、奴の名前を探す。俺はこれから土岐の営業成績を「下方修正」する。そう、これは修正だ。断じて、改竄《かいざん》ではない。あれが営業なら、俺の努力がバカみたいではないか。

「あれ」

夢中になっていると、後ろから、声。思わず口に咥《くわ》えていた小型ライトを落とす。床に落ちたライトが、扇型の光を床に広げた。しくじった。誰かいたというのか。

いや、しかし、この声は、

「土岐か」

「え、いや、その、別に、あの」

窓より差し込んだ車のライトが、暗闇を一瞬、照らす。そこには、いつもの叱られた犬のような顔つきの土岐が立ち竦《すく》んでいた。認めるや否《いな》や、驚愕《きようがく》と憤怒《ふんぬ》が、視神経を圧迫し、目が霞《かす》む。落ち着け。こいつがなぜここにいるか知らないが、これはむしろ、チャンスだ。こいつがいなくなれば、もう誰も俺の成績を脅かすことはない。息を吸い込み、そして、

「不審者だ！　警備員さん！　不審者です！」

ありったけの声で、叫んだ。

土岐は何が起きたのかわからぬまま、ただ呆《ぼう》としている。警備員が階段を駆け上

ってくる。俺は、すでに窓に足をかけていた。手の甲を噛《か》む。血が滲《にじ》む。大丈夫。俺は、その辺の軟弱者とは違う。断じて、単に魔が差したわけではないのだ。滑空は生涯一度きり。ならば、今こそ、使うべきなのだ。

こうして、俺は夜に消えた。

翌朝、土岐は来なかった。その翌朝も。

もともと存在感は薄く、誰も奴のことを心配していない。

何せ部長の横領が発覚したのだから、今はそっちで持ちきりである。

人事部の後輩から聞いた限りだと、俺が去った後、警備員が駆けつけてみると、そこには俺が漁《あさ》った大量の書類が散乱しており、真ん中に物言わぬ不審者、つまり土岐がひとり。土岐が緘黙《かんもく》状態のため、散乱した書類を調べたところ、部長の横領が明るみに出たのだ。あの時、「これはむしろ、チャンス」と思ったが、まさかこんな副産物まであるとは。さて、この不祥事を前にしてポンコツ社員の一件など、ほとんど何も起きていないも同じ。せいぜい「深夜、備品をくすねるため会社に侵入したらしい」と噂《うわさ》される程度で、結局のところ真相は有耶無耶《うやむや》なまま、土岐は一週間の謹慎で済んだ。

だが、これで一安心、とはならない。一体、なぜ奴は俺のことを話さないのか。

ほとぼりが冷めた頃、土岐は再び営業部に戻ってきた。元々痩《や》せていた頬は抉《えぐ》れ、青白く生気を失っていた。あのふやけた笑みは消え、表情は陶器のように冷たく硬直している。新しい営業部長は以降、奴を完全な腫《は》れ物として扱い、仕事を振ることもなくなった。

結局、何もかも有耶無耶なまま、土岐は限りなく黒に近いグレーの濡れ衣《ぎぬ》を着続けていた。誰からも話しかけられず、何をするわけでもなく、椅子に座って苔《こけ》むしている。一体、何を考えているのか。恐怖でしかない。あの夜、俺が「飛んだ」ことは流石《さすが》の土岐でもわかる。それが知れたら、俺はこの部署にはいられないだろう。会社の顔である営業部に、飛んだことのある社員などいてはならないのだ。絶対に、バレてはならない。土岐による密告の恐怖を意識から追い出すため、それまで以上に仕事に時間を費やし、気づけば部長に昇進し、今に至る。

残念だ。今に、至ってしまった。

俺は今から、滑空済みの体であることを身をもって証明することになる。

これまでも世界中の至る所で二度目の滑空が試みられてきたが、ついぞ成功した人間はいないのだ。ただの、一人として。

改めて下に目をやる。この高さで地面に叩きつけられればほぼ確実に、死ぬであろう。「飛ぶ」のではなく「身投げ」だ。死んだことに加え、滑空済みであったことが世間に露見する。これが俺の最期《さいご》か。いや、仮にここで滑空済みであると白状し、飛ぶのをやめたとしても、社会的な死は免れないだろう。全員を欺《あざむ》いた罰を受けねばならない。そんな老後なら、いっそ死んだ方がマシだ。覚悟を決めろ。これは世間を偽り続けてきたことへの贖罪《しょくざい》であり、俺自身の責め苦からの解放だ。慕ってくれた部下、面倒を見てくれた上司、そしてここまで、仕事ずくめの俺を支えてくれた妻を失望させるのは、本当に辛《つら》い。だが、俺は俺でもう限界だ。年を重ねるにつれ、罪を背負うだけの筋力も、気力も尽きた。すっかり、軟弱者になってしまったのだ。

屋上フェンスは一部、この滑空式用に撤去されている。そこに赤い毛氈《もうせん》が敷かれ、ビルの縁にはみ出さんばかりの壇が用意されていた。

陽光に伸びる影を見やる。頭髪だけ、影がやや薄い。陽の光は、白髪を通過する。

「そろそろ、じゃないかな」

いつの間にか土岐が、隣にきていた。一体、誰がこいつの定年退職を祝うだろうか、と思ったが、そもそもこの男は飛ぶ能力を備えている。その時点で、俺よりも遥《はる》かに上等な人間ではないか。

壇の上で一歩、前に踏み出す。最期の挨拶だ。

「ええ、皆様、本日は誠にありがとうございます。私のような者のために、こんなにも沢山の方々が、集まってくださるだなんて、望外の喜びであります」

歓声とヤジが遥か下で聞こえる。世話になった得意先の「早く飛べよ！」という声が、虚《むな》しく響く。そう急《せ》かさずとも、間もなくだ。つま先を壇の縁《へり》から出し、震える呼吸を整える。

飛ぶさ。飛ぶ。俺は、飛ぶ。

体が浮く。ビルから、宙空に向かって、足先が、飛び出した。

だが、俺の意思ではない。後ろから、押されたのだ。

後ろには、土岐しかいない。奴が、俺を押したのだ。奴はこの瞬間を、虎視眈々《こしたんたん》と狙っていたとでもいうのか。耳石《じせき》が空に引っ張られ、頭蓋《ずがい》のうちで脳が踊る。思わず、目を瞑《つむ》る。死ぬ。今、死ぬ。汗で濡れたワイシャツに、凄《すさ》まじいビル風が吹き抜ける。なんだ、何が起きている。俺の体は、あろうことか、宙を飛んでいる。

なぜか。土岐だ。土岐が俺のスーツの襟を摑《つか》んだまま、飛んでいる。

「手、摑んでくれないか」

土岐は言うや否や、俺の片手を摑み、上体を反らす。困惑の中、俺も同様の姿勢を取る。確かに、体の一部が繋がっていれば、浮力こそ減少するが、相手も滑空することができる。が、なぜそれを土岐が俺にするのだ。二人の還暦男が、ピーター・パンのごとく、手を繋いで空を飛ぶ。珍奇極まりない光景に、集まった人々の笑い声が反響する。

「君には、感謝もしているんだ」

土岐が滑空姿勢のまま、語り出す。落下の影響で、上唇がめくれ、紫色の歯茎が露出していた。

「あの夜。なんで僕があそこにいたのかを、打ち明けさせて欲しい。僕はね、実は飛ぼうとしていたんだ。毎日毎日、バカにされて、とっくに限界だった。でも僕には上司の目の前で飛ぶなんてこと怖くてできないから、誰もいない時にって思ったんだ。変だね、だったら勝手に行方《ゆくえ》を晦《くら》ませばいいのに。相当追い詰められていたんだ、と思う」

俺は黙ったまま、奴の手を握ったまま、借り物の滑空を続けた。土岐はわざわざ見物人が少ない裏手の方へ、飛ぶ方向を変える。ビルより突き出した看板の上部の汚れなど、初めて見た。見たとて、意味はない。

「おっさん二人でどこ行くんだよ」

「おい泥棒！　部長まで盗むのか！」

酔った後輩の野次やそれに追随する哄笑《こうしょう》が、徐々に遠ざかる。高速道路に面したビルの裏手、錆《さ》びきった室外機が行儀よく、並んでいた。再び土岐が話し出す。

「確かに、君を恨んでいたよ。謹慎が明けて、会社に来てみれば、僕は部長のロッカーを漁った泥棒になっていた。あの夜、ロッカーを漁っていたのは、確か、君なのに。そこからの日々は、君も近くで見ていたから、わかるよね。腫れ物扱いの日々は、確かに辛かった。でも、途中から、こっちの方が楽だって気づいた。バカにされるより、無視される方が、さ」

再び、ビルの角に差し掛かる。社屋は正面だけ改装されているが、裏手は入社時のままだ。そう、あの窓から、俺は土岐を残し飛んだのだ。

「気づけば、君は出世して、偉くなった。なぜか僕の席も、ずっとあった。それが君のおかげだってことに気づけたのは、ずっと後になってからだ。バブルも弾《はじ》けて、引き継いだお得意先はどんどん潰れていったわけだから、もしあの夜の、ロッカーの件を誰かに告発しても、遅かれ早かれ僕は会社から追い出されていたに違いないよ。でも君が上司になって、僕も年相応の給料はもらえていた。結婚して、子供まで授かった。さっき言ったように、娘が留学できるくらいの蓄えもできた。これは、確かに君のおかげだ」

雨かと思えば、涙。

土岐は語りながら、俺と手を繋ぎながら、感極まっていた。角を曲がるおり、涙は横に流れ、俺の頬を濡らす。そうか、そうだったのか。やっと、長年わだかまっていた謎が、少し解けてきた。今のが本当なら、土岐は土岐で呵責《かしゃく》の日々だったのだろう。家族と名誉を天秤《てんびん》にかけ、前者を選んだ。

「じゃあ、俺は、もう赦《ゆる》されているのか」

思わず、頓狂《とんきょう》な質問をしてしまった。

赦されるって、誰にだ。少なくとも俺が赦して欲しいのは神でも仏でもない。今、手を繋いで、見物人が待つビル正面へと向かわんとしている、この男にだ。

徐々に高度は下がっていく。

このまま見物人の周りを旋回しながら着地するのが滑空式の流れだ。

「ううん、そうだねえ」

土岐は涙を流しながら、あの日以来見せていなかった、叱られた犬そっくりの表情を浮かべた。かつての得意先の年齢を超した今ならわかる。なるほど、確かに小突きたくなるような、いじらしさがまだ残っていた。

「そうだね、確かに感謝はしているんだ。だから、まあ」

ふうと、体が浮く。そろそろ着地であるが、高さにしてまだビルの二階くらいはある。見物人たちの驚く顔がはっきり見える。その真上を、まるで春風に攫《さら》われたかのように、再び通り過ぎた。見物人が口を大きく開けて俺らを見送る。ビル風で急に速度が上がり、社屋の反対を走る車道の真上まで飛んで、向こうから車がきたところで、

「うん。このくらいで、赦してあげる」


手が離された。地面に叩きつけられる前に、俺は車に撥《は》ねられるだろう。恐らくは、死ぬ。だが運が良ければ大怪我《おおけが》で済む。滑空式に来てくれた人々は、遥か向こうだ。これなら俺が滑空済みだったと彼らに知られることはないだろう。それに、生涯で二度も滑空を体験できるとは。

ありがとう、土岐。

君に生えてきますように

生えてくる子には生えてくるし、膨《ふく》らむ子は膨らむ。ちょうど今くらいの年齢になると。

一昨日《おととい》、杏《あんず》が授業中に急に立ち上がって「出てきた出てきた」と叫んで、そのまま医務室に駆け込んだかと思えば、休み時間にはもう決定書をもらってきた。

杏は本人の予想通り「膨らむ方」だった。杏は小学校低学年の頃にはもう自分がそうであることに賭けて、信じて疑わないような子だったので、正直、クラスの第一号が賭けに勝ってくれて、ちょっとホッとした。だって、もしこれで杏が膨らむ方じゃなくて生える方だったら、なんて声をかければ良いか、わからない。

私たちは別に実験で生まれたわけではない。ただ生まれた段階で、たまたま生殖器を持たず、第二次性徴を迎える段階で、初めてどちらかの性徴が身体《からだ》に現れる。

お祖父《じい》ちゃんたちの頃からそうした特徴の子はちらほら生まれはじめた、と聞いている。厳密にはもっと昔からいたらしいけれど（この前置きから始まる陰惨な話を何度も社会科の先生から教わった）、今後、ますます私らみたいな子供は増えていくと医務室の先生は言っていた。

そうした子らは、実の父母同意のもとで自治体運営の教育機関と生活空間が一体となった施設で集団生活を送る。これを隔離と騒ぎ立てる人たちもいるみたいだけれど、正直なところ「普通」の子らと一緒にいたら互いに気を遣い合うだけだったに違いない。今はまだそっとしておいて欲しい。週末は両親と「普通に」外で過ごすわけだし。

施設の人だって別に仰々しく全員が白衣を着ているなんてこともなく、普通の「先生」や「お店の人」だ。ちょっとアップルストアみたいな、カジュアルさを意識しすぎなんじゃないかなと思うけれど。

だから、少なくとも幼少期は恐らく「普通の子たち」となんら変わらないのだけれど、でもやっぱり自分が「生える方」か「膨らむ方」かがわからないことには、だんだんと不安を覚えてくる。それは自己同一性の確立なんて四角い言葉でなく、もっとこう空《から》になったペットボトルを持ち歩いているような、ちょっと気だるい不快感が続くのだ。

ある日、移動教室で忘れ物をしたので、教室に戻ると石蕗《つわぶき》が泣いていた（私たちの名前はランダムで植物の名前が与えられる。イヌフグリとかじゃなくて本当によかった）。石蕗は昔から情緒が不安定なところがあったけれど、杏が「膨らむ方」になってからは、余計にその傾向が激しくなってきていた。

「大丈夫？」

正直、石蕗と話すのは少し面倒だ。杏と同じように石蕗も早くから自分の性別を一方に賭けていた一人だが、彼は「生えてくる方」にしていた。保健体育でいうところの思春期に差し掛かろう頃ともなると、早々に一人称を俺に変えて、直訳したかのような乱暴な口を利くようになったし、先生への態度も無意味に高圧的になった。そんな石蕗が、今にも萎《しお》れそうなほどに涙を流している。

「杏が膨らむ方に賭けた時、俺、慌てたんだよね」

どうやらこの話は私が聞いてあげるしかないみたいだ。石蕗が杏に好意のようなものを抱いていることは、全員、杏はもちろん杏の母すら把握していたことだ。

「でさ、なんだかその時、もし杏が膨らむなら、俺は生えなきゃ、ってそう思ったわけ。いつの間にか、そうなることが決まっているように思い込みはじめて、んで実際、杏のが判明した時に、急に怖くなったんだよ。もし、俺に何も生えてこなかったら、どうしようって」

杏はたまたま合致していたけれど、石蕗は杏への「好意」の正体を咀嚼《そしゃく》しきれぬままに、自分の性を「生える方」に賭けてしまった。もし自分が今思い描いている方でないとなったら、石蕗の心はどうなってしまうのだろう。石蕗のことをバカにすることは簡単だが、これは他人《ひと》ごとではない。


私たちは性徴に関心がないふりをしながら、内面ではその針がどちらにも振れないよう、無意識に気を張り続けている。これはどの科目の先生らからも、「そうするように」と注意されてきたことでもある。とはいえ、その先生たちはみんな最初から性別をわかっていた人生を送ってきたのだから、説得力がない。

本当のことをいえば、「中庸を保ちましょう」だなんて、無理。だって、心だし。

私もそうだ。本当は随分前から、楠《くすのき》に対して、他のクラスメイトらとは違う、何かこう泣きたくなるような特別な感情を抱いている。

楠なんか、まだ歯が生えてこない時から一緒なのに。名札のピンで消しゴムを刺す楽しさを教えてくれたのは、楠だ。麦茶に牛乳を混ぜたらコーヒー牛乳の味がするって教えてくれたのも、楠だ。あんまり片親って言葉を杏に向かって使ってはいけないと教えてくれたのも、楠だ。どんなに私が牛乳を飲んでも、絶対に一センチだけ楠は私より大きかった。

顔立ちだって、眼は二重で大きいし、それこそ世間一般的な意味で中性的な感じが可愛かった。羨ましい。私もそういう顔がよかった。そしたら性格だってきっと違っていたと思う。なんてことを楠に冗談ぽく伝えれば、

「えー、シュロはシュロのままがいいな。だって、なんていうか、シュロはシュロだし」

ゆっくり、まるで約束するかのように、楠はそう言ってくれた。中等部になり、グッと背が伸びた楠と並んで歩く時、心臓の筋繊維一本一本から、頭の芯に向かって「私にはきっと生えてこない」、そんな信号が送られてくるのを感じるようにな

っていった。

私は声高に賭けるようなことはしない。本当はその方がかっこいいのだけれど。その代わり、私は消灯後、枕に顔を埋《うず》めて眠る前に祈る。どうか楠が、生える方でありますように。


春の長期休暇が近づき、クラスの大半の子が決定書をもらうようになっていた。そこからは「普通」の高校に進むための特別カリキュラムが始まるため、一人、また一人と同じ施設で育った子らが飛び立っていった。あんなに泣いていた石蕗も結局「生えてきた！」と決定書を「勝訴」みたいに見せびらかして回った。もちろん、これで杏となんらかの関係を築けるかどうかは別問題だ。その事実を石蕗がわかっているかは知らない。そんなこと、今は構っていられない。

だって楠がまだどっちかわからないのだから。もしこれで楠の胸にお椀型《わんがた》の膨らみが生じたら、私は、やっぱり、耐えられないだろう。私は教科書で見た二重螺旋《らせん》に、祈る。

翌週。

祈りが通じたのか、楠は突出し始めたばかりの喉仏をさすりながら、決定書を私に見せてくれた。今後、だんだんと楠の声は太くなり、髭《ひげ》が生え、やがてお父さんのようにおへその周りにまで毛が生えてしまうのだろうか。嬉しいことのはずなのに、いざ現実になってみると、これから楠の声がどんどん低くなり、髭が生えていく姿を想像してしまい、少しだけ嫌悪感を覚えてしまう。でも、なによりも本人が嬉しそうだから、「よかったね」とだけ伝えた。

問題は、私だ。

みんな生えたり膨らんだりして施設を去っていったが、とうとう私だけが独り残された。ある日、医務室の先生に両親と一緒に呼び出され、精密検査を受けることになった。両親だけ、医務室の外に待つように言われ、私は医務室の先生と一対一になる。

「あのね」先生が言いにくそうに結果を伝えるところによれば、どうやら、私は今後、どんなに待っても、どちらかの性別が自然に現れることはないらしい。性別の箇所が空欄となっている決定書が渡された。確かに、筋繊維の信号通りだ。私には何も生えてこなかったけれど、膨らみもしない。決定書に涙がぽつり、落ちる。

「でもさ、別に悪いことだけじゃないよ。自分で選べるって。それに今では私たちの頃と比べてだいぶ研究も進んだし。進んだと言うか、私が進めたんだけど」

医務室の先生、つまりは杏のお母さんは笑う。この人もかつて、私と同じどっちでもない「空欄」の人であったことは楠から随分前に聞いていた（杏にお父さんがいない理由も一緒に）。最終的に、この人は自分で決定したのだ。

「お母さんお父さんには先に私から伝えておくね。それに、どうやらね、増えているみたいよ。世界中で」

なぜか最後にいたずらっぽい笑《え》みに変わっていた。この人が言うなら、きっとそうなのだろう。電話で楠にこのことを伝えたら、なんと言うだろう。きっと「シュロはシュロだし」と言ってくれるだろう。少し、低くなった声で。

再配達プリズン

九十九枚目の「不在票」はマンションの玄関ドアを背にまどろんだ俺の頭頂部へ、勝ち誇ったかのように舞い降りた。

「待てよ！　なあ！」

怒号と共に転がり出るも例のごとし。すでに配達人の姿はない。

一体、どうすれば良い。

俺はいる。いるのに「不在」だ。

再配達依頼を入力すればその後、二時間以内に確実にそれは実行される。ところが、どうしても受け取れない。なぜか。奴らは俺を玩具《おもちゃ》にして楽しんでいる、そうに違いない。そうでなくてどうして、在宅にもかかわらず二週間、配達の品を受け取れず、ただただ不在票ばかり一方的に投函《とうかん》される軟禁生活を送らなくてはならないのだろうか。耳から出血しそうなほどの緊張感に苛《さいな》まれ、寝不足で視界の額縁が飴《あめ》のように歪《ゆが》む。

時間は十四時二十五分。

前回の再配達は十三時五十一分。

あれから三十分ほどしか経過していないことになる。腹が立つ。何が腹が立つって、配達人は決してルールに反しているわけではないのだ。前回の再配達予定時刻は十二時〜十四時。今回は十四時〜十六時。どちらも時間内だ。


悔しさのあまり握り潰した不在票を片手に、よろり立ちあがる。リビングのソファを目指す。足裏にはインスタント珈琲《コーヒー》の粉末、ビタミン剤、カフェイン錠剤、有事の際に一応用意していた精力増強剤、などの欠片《かけら》が張り付く。ボルダリングの壁のようだ。ソファベッドを前に身体《からだ》は無抵抗なゲルへと変わり、溶け崩れた。歯を食いしばり、クシャクシャにした不在票を乱暴に伸ばし、再配達用の番号をスマホに入力する。コール音に続いて、

「お電話ありがとうございます、こちらは再配達受付ダイヤルです」

最初こそ、こちらに非があると思っていた。何度も再配達をさせてしまって申し

訳ないと。だが三回目以降から向こうの意図に気づき、二十回目頃にはこちらも殺意を抱き、四十回目を迎える頃には逆に何も感じなくなり、五十回目を超えたあたりで殺意が再燃し、七十回以降はその殺意もねじれて妙な愛情に擬態し、八十回目を迎える頃には自動音声を「晴美《はるみ》さん」と呼び始め、以来、疲弊しきった俺に安らぎを与える存在へ昇華した。

「続いてドライバーコードを入力してください」

「いつもながら綺麗《きれい》な声だね、晴美さん、君と過ごすこの時間が今や唯一の癒しとなっているんだ。いや、気にしないでくれ。君を困らせるようなことを言うつもりはないんだ。（番号が確認できませんでした。今一度、ドライバーコードを入力してください）寝不足で頭が回らない上に、精神的にもかなり参ってしまって、正直なところ今すぐにでもこのスマホを床に叩きつけてやりたい。そうすればもう再配達を希望できないからね。でも、荷物がある以上、俺には受け取る義務があるんだ。その結果、このざまだ。（番号が確認でき……）晴美さん、やっぱり最初がいけなかった、そうに違いない。それで奴、いや単独ではなさそうだから、奴らかな。奴らは怒った、そうだろう？　自分で再配達の希望時間を入力したくせにまた留守だなんて、怒るのも無理はないさ。でも聞いて欲しい。あの日は近所のドラッグストアで十五時まで特売セールがあったんだ。もちろん俺だって迷ったさ！　でもダブルのトイレットペーパーや歯ブラシといった消耗品はもちろん、ビタミンサプリからチョコバーに至る全ての商品が最低でも三割引！　これだけでも腰が砕けそうなのに、それでいてポイント三倍の日も重なっていたんだ！　信じられないだろ？　金環《きんかん》日食よりも遥《はる》かに貴重な機会だったんだ。この誘惑に抗《あらが》えなかった。そして、あの日から二週間、再配達を逃してはならないと、俺は一歩も外に出られずじまい。結局、ドラッグストアで買った食料品、サプリ、チョコバーで食い繋《つな》いでいるのが現状だ。全く皮肉なもんだね。おっと、また話が長くなってしまった。ドライバーコードは今、入力したよ。（続いて、ご希望の配達時間をお願いいたします）しかし、未《いま》だに腹が立つよ。いや、職場の上司のことさ。あの野郎、何度電話で説明してもまるで理解してもらえなかった。あえなく俺は解雇だ。野郎とくればまるで俺を病人扱いだ。一体、どこに再配達を受け取れてない状況で出社できる人間がいる？　それこそ正気の沙汰じゃない、そう思わないかい？　あれ？　晴美さん？　さっきから随分と静かだけど、ああそうか、解雇のせいで晴美さんに辛《つら》くあたってしまった時期もあったね。あれは本当にすまなかった。再配達時間はもちろん十六時~十八時。今、番号を入力したよ。それじゃあまたあとで」

電話を置き、急いで腕時計を確認する。

十四時三十分。

ほうと一息。奴らが再配達を決行するまで少なくともあと九十分はある。姿の見えぬ配達人との戦いが開始して以降、一時間以上の猶予が与えられたのは初めてである。が、空腹による吐き気と慢性化した興奮状態、未だ頭で発火し続けるカフェインの残滓《ざんし》。寝ようにも埃《ほこり》のように記憶の断片が舞い、摑《つか》もうとした眠気がさっと逃げていく。体をよじり、嘶《いなな》く胃をなだめ、固く目を瞑《つむ》る。舞い上がっていた記憶の断片が繋がり出す。


あれはまだ三枚目の時だ。

ゴリゴリとした耳障《みみざわ》りな金属音が響いたかと思えば、「不在票」が舞い込んだ。時刻は十五時十二分。こちらが指定した通り十四時~十六時の間に来ている。

インターホンは鳴らなかった。随分と前に壊れ、そのままにしていたのがよくなかった。だからといって配達人がノックをしなくてもいい理由とはならない。足元に転がる「不在票」が嘲笑《あざわら》っている。再び再配達希望時間を入力する。

「再配達希望を受け付けました。それでは十六時〜十八時の間にお届けに参ります」

向こうも腹を立てているのだろう。

不在票に書かれていたドライバー直通の電話番号にかけてみるが「ただいま電話に出ることができません」。一体、配達人の気配すら感じないというのはどういうことか。チョコバーを口に放り込み、魚眼レンズを覗《のぞ》いてみる。どういうわけか白濁して何も見えない。

嫌な予感がした。

ドアを開け確認して、血の気が引いた。

レンズ自体がマイナスドライバーのようなものでズタズタに傷つけられている。先ほどの金属音はこのせいだったのか。だとすれば、配達人は怒っているどころではない。完全に明確な意思をもって、嫌がらせをしようとしている。長く冷たい恐怖が鳩尾《みぞおち》に刺さる。通報か、いやまだこれが配達人のせいと決まったわけではない。いっそ部屋から逃げてしまおうか、いや配達人が全くの無罪だった場合、またしても再配達の約束を反故《ほご》にすることとなる。

どのみち、次の配達を待つしかない。

今度こそ機会を逸してなるものか。

玄関前に椅子を置き、座る。

傍らには大量に買い込んだブラックコーヒーのボトル。十分、二十分と同じ姿勢で過ごす。尻がむずついてくる。壁掛け時計の音が蟻《あり》のように耳へ侵入してくる。無為な時間経過が神経をジリジリと焼き続けた。

ふと、尿意。それも急激に。

コーヒーの飲み過ぎである。ためらう。いまトイレに行っている間に「不在票」が届けられてみろ、元の木阿弥《もくあみ》である。生唾を飲み込む。背に腹は代えられぬ。便意でないことが不幸中の幸い、意を決してジーンズを腰まで下ろし、突先を露出する。ボトルの口に当てがおうとするも、意外と難しい。あれこれ位置を調整しながら漸《ようや》くいい塩梅《あんばい》に発射口の照準を決定できたかと思えば、視線の脇にひらりと不在票が舞い込んだ。

「待ってください！　います！」

無情。足音は遠のいていく。以降、配達人はなぜか俺の一瞬の意識のゆらぎ、その隙を突いて不在票を投函してくるのである。


不在票換算で、あれは何枚目の頃だったろうか（五十枚は過ぎていたはずだ）。周りには直接スプーンが差し込まれたインスタントコーヒーの袋、飲み終わったゼリー飲料、そして破られた不在票の山。その中央に、俺は鎮座していた。下半身は露出したままである。玄関の扉はついに開け放たれていた。もうくしゃみ一つしない覚悟で再配達を待っていた。

幸い玄関は道路と反対側にある。通行人の目に触れる心配はない、そう判断した。他の住民が通りかかったらどうなるのか、そんなことにはもう頓着《とんちゃく》しないことにする。再配達の締め切りまであと五分を切っている。貧乏ゆすりが止まらない。足元のコーヒー粉末が振動し、不思議な模様が床に描かれていく。

来ないでくれ。

どうせだったら、来ないでくれ。

そうすれば咎《とが》は、非は、配達人に移る。その時点で俺は「受け取れなかった」という呵責《かしゃく》から釈放され、堂々と配送会社に文句が言えるのだ。あと三分。あと二分、一分、三十秒……。

だが、後方のリビングより窓ガラスの割れる音。

やられた！　そっちからか。

祈るようにリビングへ足を踏み込む。飛び散ったガラスの真ん中、拳大《こぶしだい》の石が投げ込まれていた。まさかこれに「不在票」と書かれているのではなかろうか。拾い上げる。流石《さすが》に、違うようだ。犯人を追うべくベランダへと出る。道路を見渡すがそれらしき人間はいない。ただ幼稚園のバスが停車し、複数の園児らが親と手を繋ぎ三々五々に帰宅する長閑《のどか》な風景が広がるばかり。

「きゃあ」

一人の若い母親が俺の方を見遣《みや》り叫ぶ。叫びは同心円状に伝播《でんぱ》し拡がっていく。しくじった。下半身丸出しであることを忘れていた。慌てて部屋へと戻る。いつの間にか玄関に投げ込まれていた不在票を認めた。咆哮《ほうこう》。ちくしょう。陽動作戦じゃねえか！　結局、玄関のドアはやはり閉めざるを得なくなった。

ノックの音で、現在に引き戻される。

時計を確認する。十五時五十分。再配達によって細かく寸断された時間は自律性を喪《うしな》い、意味するところが曖昧《あいまい》となっている。ええと、そう、百回目だ。危ないところだった。百回目の再配達が開始されるまであと十分、すんでのところで目が覚めた。

いや、違う。それどころじゃない。今、聞こえているのは、ノック音だ。軟禁されて依頼、初めて明確な外界からの接触。ついに向こうが根負けしたのか。物音を立てぬよう、身を硬直させ向こうの出方を窺《うかが》う。

「すみません、警察ですが」

警察？　なぜ警察が。俺が待っているのは配達人だ。一瞬面食らったがすぐに考え直す。いや寧《むし》ろ、有難い。理由はどうであれ、警察が動いてくれたのだ。誰だ。そうか、俺の職場の上司だ。きっとそうだ。あの上司が、部下が再配達によって軟禁されていると通報してくれたに違いない。無能と罵《ののし》って悪かった。これで解放だ。だが、俺の反応を待たず警察は続けた。

「近隣の方から通報がありましてね、どうもこのあたりで下半身を露出している不審者の情報が、ええ、ありまして、よろしかったら参考までにお話を伺えないかと」

最初、言っている意味がわからなかった。もしや警察は俺に事情聴取をしようとしているのか？　あのベランダでの一件で？

だとしたらそれは誤解だ。配達人の陽動作戦に引っかかっただけなのだ。あらぬ疑いをかけられては困る。事情を説明しなくては。だが、それをどうやって証明する？　一度だって配達人の姿を見たことがあるか？　このまま黙っていようか。そうだ。それが良い。そうすれば、間もなく配達人がやって来る。必ず来る！　その時、初めて玄関から飛び出して、警察に泣きついてやろう。勝利だ。法治国家の勝利だ。その瞬間、俺は再配達から釈放されるのだ！

「え？　というと？　ええ、あ、はい、はい」

どうした。警察の声色が先ほどと変わる。

俺は何もまだ話してはいない。

誰と、話しているのだ。

「なるほどなるほど。もう二週間も不在のまま？　大変ですね、しかし。そうすると目撃情報とも食い違いますね。なるほど、いずれにせよ迷惑な話ですね。いや、ご苦労様です」

カタンと投函口が開き、記念すべき百枚目が舞い込むと、二つの足音が去って行く。叫びたい。俺は不在ではない。ここに、ドア一枚のこちらに、確かに存在しているのだと。しかし、声が出なかった。

「あれは別に俺を助けてくれたわけではない、寧ろ軟禁を続行するためだったのだろう。晴美さんはどう思う？　だってそもそも配達人がこんな嫌がらせを始めなければ俺が下半身をうっかり人様に露出することもなかったのだから。ん？　相変わらず急《せ》かすね。再配達希望時間ね、はい、今入力したよ。どのみち俺はもう荷物は受け取れないんだ。二時間ごとに不在を証明し続けないといけないんだよ。本当は中にいるとわかったら警察がやってくるからね。いや、そもそもあの警察が本物かどうかすら今はわからない。不思議なもんだよ。こうも不在、不在、不在と言われ続けると本当に俺がいるのかわからなくなるんだ。会社にはもう籍はない。周辺住民は気味悪がって近づかない。晴美さん、俺は本当にこの世界にいるのかな？　不在票が届くってことは、どこかにはいるんだろうな、晴美さんはどう思う？——」

大《おお》崎《さき》駅でマッチョを追い返す

「なんの仕事してるの？」と訊《き》かれたら、最近じゃ素直に「大崎駅でマッチョを追い返している」と答えている。

だって実際、そうだから。

マッチョは、追い出しても、追い出しても、翌日には同じ場所で懸垂《けんすい》を始めるのだ。でも、私は負けない。マッチョなんかに。

少し前まで、大崎駅は本当に何もない駅だった。山手線《やまのて》の駅の中でもダントツで知名度も低いし、利用客だってさほど多くない。大崎駅に何があるのかと訊かれたら、答えに窮し、ちょっと調べて「近くにゲームメーカーの本社があるよ」と答える。せいぜいそんなところだ。

でも今や、少なくとも利用者にとって大崎駅は「掛《か》け場《ば》」があるところだ。大崎駅の改札を出てすぐのニューデイズから地下へと続く階段を下りると、もうそこは

「掛け場」だ。手で持って移動するにはちょっと邪魔な物を何でも掛けられる、区営の「掛け場」。それが私の今の職場。階段を下りれば、視線の遥《はる》か先まで、ラグビーのゴールポストを縮小したような「H」形ポールがずらり連なっている。私の管轄だけでも横に十列。この「H」の横棒のところにものが掛けられるようになっている。それで、掛け場。

掛け場はもともと利用者の少ない地下駐輪場だった。少し離れたところにあるイベント施設の利用客などを対象に、試験的に区が運営している。とはいえ、人が掛けるものとくれば大抵《たいてい》、傘だ。ほぼ区営の傘かけだ。

とりわけ大型同人イベントが開催された日は大変で、〝戦利品〟で両手がふさがるというのに、うっかり傘を持ってきてしまった人がよく利用している。その他にも、わざと目立つ派手な傘を掛けておいて待ち合わせ場所にする人なんかも現れたりして、見ていて案外面白い。

駐輪場と違い、掛け場の利用は無料だ。ルールも「迷惑行為禁止」という曖昧模《あいまいも》糊《こ》としたもの以外設けられていない。だから、盗難が発生しても「まあ致し方ない」という姿勢で人々は傘（時折、畳んだ上着、飲みかけのペットボトルの入ったランニングポーチ）などをひょいひょいと掛けていき、忘れなければ、帰りにまたひょいと持って帰る。

この「H」形のポールだって、何が掛けられるべきなのか想定されて作られたわけではないみたいだ。ただ人々が何を邪魔と思い、何を引っ掛けていくのか、その経過を観察する、すごく視野の狭い神になった気分でいられる。

だから、基本的にこの仕事は暇だった。

階段下にある小さな事務室に入り、タイムカードに打刻して、パイプ椅子に座り、高校から使っているブランケットを膝にのせ、さて、もうほとんどすることはない。一応、迷惑行為があったら、軽く注意して、区役所の人に報告することになっている。つまり、迷惑行為が発生しない限り、私はただ人々が傘をHのポールに掛けていく様子を眺めているだけの女だった。

室内に暇を潰せそうなものはなく、読めるものとくれば湿気でふやけた免許合宿のパンフレットくらいだった。最初こそ利用客（厳密にはお客さんでもない）に口角を上げて「どうもお」なんて挨拶し、管理人としての自己同一性を保とうとしたりしていたけれど、暫《しばら》くしてそれも虚《むな》しくなり、やめてしまった。

もしこのころの私が「なんのバイトしてるの?」と訊かれたら「大崎駅の地下で、奥歯の凹《へこ》みを舌先でなぞったりしている」とか答えただろう。


でも、今は違う。

終日、マッチョを追い返している。

私とマッチョとの戦いの日々が始まったのは大型同人イベントの翌日のことだ。掛けられっぱなしの大量の傘を、掛け場最奥にある、遺留物の区画(早い話が、ここにあるものは、もうすぐ処分しますよという場所)に移動させようとしていたとき、第一マッチョを見つけた。

そのマッチョは私に一瞥《いちべつ》もくれることなく、Hポールの梁棒《はりぼう》を鷲摑《わしづか》みにすると、上腕二頭筋を膨張させ、運慶《うんけい》が彫ったような厳しい表情を浮かべ、そのまま顎先《あごさき》を棒へと引き寄せる。知っている。懸垂だ。どこからかやってきたマッチョが懸垂をしている。

大量の遺留傘を脇に置くと、暫くふんふん唸《うな》るマッチョを観察し、思案する。

これは、迷惑行為だろうか。

懸垂をしている、つまり、マッチョが棒に掛かっている、とするなら、許容範囲かもしれないが、どうだろうか。それに直接誰かが迷惑を被《こうむ》っているわけでもないし。もし明日も引っ掛かっていたら、それは遺留物として、移動させればよい。半ば本気でそんなことを考えながら、事務室に戻った。


「お姉さん、あの人、注意してもらえますか?」

翌日。このバイトに就いてから初めての苦情があった。訴えてきたのは、いつも芥子色《からしいろ》のカーディガンを棒に結び、たわみの部分にラップで包んだオニギリを入れている老婆だった。妙なものを掛けているので、印象に残っている。

「私がね、いつも使ってる場所にね、いるの、懸垂男。デカブツ。あそこはね、私が、カーディガン結ばないと、ダメなの。勝てないの」

話の矛先を途中で見失いそうになったが、我慢強く話を聞くと、どうやらあのオニギリはパチンコの願掛けで、そのルーティンの場所に、マッチョが現れて困っているのだという。願掛けのための場所取りも迷惑といえば迷惑だが、苦情があったからには、いよいよマッチョを追い出さなくてはならない。

　マッチョは昨日と同じ場所で唸っていた。なんでだよ。どうしようか。

「すみません、こちらで、筋力トレーニングするのは、やめてもらえますか?」

　思い切って声をかけたというのに、マッチョは懸垂を保ったまま頑としてこちらを見ない。それでいて口元には挑発的な笑《え》みを湛《たた》えていた。

　そっちがその気なら、私だって。試しに、棒を摑む手を開かせようとしてみる。思い切り握られた拳《こぶし》は岩のように固く、隙間がない。マッチョはどこか勝ち誇った顔で私を見る。冗談じゃない。こんなに楽な職場、他にないのに。こんな、固い肉の塊なんかに、邪魔されてたまるか。そばにあった、誰かの傘を手に取る。きっと睨《にら》む。

「これで、殴りますよ!」

　果たしてマッチョは逃げていった。私の気迫がそうさせたのか、はたまた殴られたくなかったのか。もちろん振り下ろすつもりなどなかったけれど、とりあえず撃退できたのだから、私の勝ちだ。

しかし、マッチョは次から次へと現れる。この間逃げたマッチョが呼び水になったらしい。一人、撃退すると、また次のマッチョが際限なく懸垂を始めるのだ。なんでだよ。

発見するたびに、私は棒を摑む指を傘の突先でこじ開けようとしたり、巨軀《きょく》に思い切り体当たりしたり、マッチョを退《の》けようと必死に抵抗した。マッチョの二の腕より滴《したた》る汗に、私の汗が混じり、地下空間に煌《きら》めいた。

しかし、やがてマッチョとの戦いにも慣れていく。中にはふらっと現れ、自分の上着と傘をちゃんとポールに掛けて、そのまま隣で懸垂を始める猛者《もさ》や、私に追い出されるまでを日課としているようなマッチョも現れた。私とマッチョたちとの間には言葉こそ交わされないが、奇妙な友情が生まれつつあった。

でも困ったのは大型同人イベントのお客さんたちだ。いつものように、傘を掛けようと立ち寄れば、自分らとは全く種を異にする筋骨逞《たくま》しい男たちが「掛け場」

を占領しているのだ。気の毒に。いそいそと、また引き返す背中に私は何も言えなかった。

とはいえ、もう私に苦情がくることはない。この数ヶ月、マッチョとの様々な格闘を経て、気づけば私の肉体もまた女とは思えないほど逞しいものに変わっていた。不埒《ふらち》なマッチョを発見すべく、眼光は常に爛々《らんらん》と輝いている。とっくに、私はこの仕事を愛していた。

「なんの仕事をしてるの?」と訊かれたら最近じゃ「手懐《てなず》けたマッチョたちに手を繋がせ整列させて、同人イベントのお客さんも利用できる新しい掛け場の列を作ったりしている」と答える。実際、そうだから。

ハイレゾ・くぅん

意味なくハイタッチを要求してみたけれど、それに見合うだけの労力を割いたかといえば疑問だ。事実、今日この邸宅でしたことといえば私がヨークシャーテリア二匹にお行儀よく「待て」をさせ、小野寺《おのでら》さんが「くうん」と鳴かせただけだ。あと、私のハイタッチは拒否された。

これで、この現場は終了。
これで、百万円。
お金持ちって、最高。世の中って、最高。

「最低でも二十分、ご主人、あのまんまだと思いますがご心配なく。それじゃあ我々はこれで。一応、事前に紙おむつを着用していただいておりますので、畳は汚れないかと」

上野《うえの》アメ横《よこ》商店街で売っているスカジャンの刺繍《ししゅう》を描き写したような掛け軸を背に、白眼《しろめ》を剝《む》いたまま恍惚《こうこつ》と震えているご主人をそのままに、応接間を出る。玄関先まで見送りに来てくれた奥さん、あるいは愛人が深々と礼をした。

「今度は私もお願いしたいくらいです。それではどうぞお気をつけて」

とはいえ、睫毛《まつげ》だけが威嚇《いかく》するかのように反り返っていた。自分より犬の方がパートナーを満足させた事実を咀嚼《そしゃく》しきれていないのだろう。私は敷石ではなく、なんとなく玉砂利《たまじゃり》の方を踏み、踏み、足裏のコロコロした感触を楽しむ。その間に小野寺さんがタクシーをつかまえてくれた。

「次の現場までそんなに時間ないから」

「あの人、本妻ですかね?」

「え、知らない。考えもしなかった」

「ああ、そすか」

相方の小野寺さんは物静かで一見、思慮深い人物に見えるが、ただ目が悪いだけで基本、何も考えてはいない。だからこそ、私は彼を信頼したのだ。

半年前。

小野寺さんは私がイオンモール内にあるペットショップで働いていた頃の常連、というか、冷やかしだった。ただ彼が来ると異様に犬たちが一斉にキュルキュル嬌声《きょうせい》をあげるものだから、「犬に好かれる人だな」くらいに思っていた。

「すみません、ずっとお声かけしようと思っていたのですが」

毛の嵐と化したポメラニアンどもを必死に「待て」していた時、ぬうと視界に彼の横顔が入り込んできた。

「わ」思わず手のひらを前に突き出す。阿呆《あほう》みたいだけど私はお客さんに「待て」したのだ。しばし、二人は硬直する。ケージ内のポメラニアンや柴犬も律儀《りちぎ》に鼻を上に向けたまま、固まる。ややあって、私が応答する番だと気づく。

「ええ、何か?」

「犬は、お好きですか?」

急に、なんだ。犬は、好きに決まっている。でなきゃペットショップ店員という、糞尿《ふんにょう》処理に追われる仕事を選ぶわけがない。

「はい。好きですよ」

「ええ、そうだと思いました。僕も好きです」

だんだん、この袖に乾いた米粒が張り付いた年齢不詳のメガネ男に恐怖を感じつつある。とはいえ、あけすけに邪険《じゃけん》にすれば、余計に付き纏《まと》ってきそうだ。徐々に、距離を取ろう。

「そうなんですか、犬達《うちのこ》もお客さんが好きみたいです」

「よく鳴くでしょう？　吠《ほ》えるのでなく」

「はあ」

適当に受け答えながら、なんとなく視線を逸《そ》らし、それとなく後ずさる。背を向ける。さてバックヤードに避難するべきか。女性店員に付き纏う客が多いとも聞くし、いっそ店長に報告しようか。

「あれね、僕が鳴かせているんです」

「はい？」

負け。私は振り返ってしまった。「鳴かせている」とは何か、困惑の表情を隠せずにいる私の心を汲《く》んだのか、未《いま》だ「待て」の状態でいるポメラニアンの黒い鼻先めがけて、メガネ男が指を鳴らす。

「くうん」

ひらがなで書けるくらい、しっかりとポメラニアンは鳴いた。続けざま、彼はトリミングコーナーで吠えまくっているプードル、ケージの中すっかりやる気をなくしているミックス犬《けん》、陰陽大極図《いんようたいきょくず》のように絡み合う仔犬《こいぬ》たちを次々、「くうん」させていく。

目を瞠《みは》る私を認めると彼は満足げに、

「つまり、そういうことなんです」

つまり、どういうことか。

「あなたみたいな人を、探していたんです」

だから、何が、どういうことか。

そこではじめて小野寺と名乗った彼の、二時間に及ぶ説明を整理するとこういうことになる。まず世の中にはとんでもない金持ちがいる（彼は資本主義の成り立ちから説明しようとしたので割愛《かつあい》してもらった）。そのセレブの中には、愛犬の鳴き声を心ゆくまで堪能《たんのう》したいという奇矯《ききょう》な趣味人が少なからずおり、小野寺は彼らのために犬の鳴き声を「ハイレゾ」で提供している。

「ハイレゾ？」

「ＣＤ音源やただの生演奏じゃ感じ得なかった立体感のある音楽体験のことです。普通のハイレゾなら、それに特化した高性能スピーカーを二つ並べて、それが結ぶ線を底辺とした二等辺三角形の頂点で音源を聴くことによって体験可能になるけど、犬のハイレゾはそこが難しい。最高品質の鳴き声なら僕が用意できる。でも犬は生き物だ。いくら飼い主が〝待て〟させたところで言うことをきかないことも多い」

そこで私に声をかけたのだという。私には他の店員にはない、犬を落ち着かせる「待て」の才があるそうだ。それも桁違《けたちが》いの。思い返せば、トリミング前に爆竹《ばくちく》のように猛《たけ》り狂う犬を数えきれないくらいなだめてきたし、店長からも同僚からも「瀬尾《せお》さん！　お願い！」と頼られている。というか小野寺がくる直前も、ポメラニアンと柴犬をなだめていたじゃないか。小野寺は「まったく最初はナウシカかと思いましたよ」とまで言ってくれた。悪い気はしない。

しかし、それはそれとして、小野寺の話は眉唾《まゆつば》だ。あまりにも。正直なところ、今の生活に不満はない。とはいえ、ケージの中で「待て」している犬達《うちのこ》が自分と重なることも増えてきた。彼を信用するには、あまりにもメガネに指紋が多かった。それでも、口車《くちぐるま》は時に、どんな車よりも遠い美しい場所まで運んでくれる、そう店長が言っていた。多分。

翌日、私は辞表を提出していた。

思いの外、順調だった。

全ての調度品が放てるだけの光沢を放つような豪邸は、都営住宅育ちにとって未だに慣れないが、それでも「ハイレゾ」の提供は最初からそつなくこなすことができた。

たいていの場合、奥の間に案内される。

襖《ふすま》の向こうより、既に神事のような厳《おごそ》かな空気、それに混じってかすかな犬臭が漏れてくる。「失礼します」と、小野寺さんが襖を開ける。発射されたかのように犬（基本は二匹）が飛び出してくる。すかさず私が手のひらをかざす。犬が硬直したかのように、温順《おとな》しくなる（この辺りで、ようやくお客さんと簡単な挨拶を済ませる）。そこからは簡単だ。

小野寺さんの采配《さいはい》でお客さんと犬の位置を決めていく。犬種、年齢、そして声帯によっても位置は異なるためここが一番の踏ん張りどころである。小野寺さんの。

基本的に私は「待て」させた後は、やることがない。ぬぼーっとしている。狛犬《こまいぬ》のことを考えたりしている。神社のあいつらはもともとこれに由来するんじゃないか、お金持ちのマダムが複数犬を飼育している理由も、本当はこれが目的なんじゃないか、などなど。

「小野寺さんはどう思いますか」

「ちょっと黙っててもらえます？」

小野寺さんはこんな感じで私をあしらい、最終調整を黙々と進める。そこからは少し見ものだ。来るべき快楽を前に、すでに震えがきている客の耳元で、小野寺さんはそっと「それではよろしいですか?」とささやき、温順しく待っている犬へ向け、指を鳴らす。

「くうん」

毎度のことながら、見事としか言いようがない。小型犬はもちろんのこと、麺棒で押し伸ばしたようなボルゾイ、あるいは「待て」の間も牙剝き出しで唸《うな》り声をあげていたドーベルマンですら、その瞬間だけは人魚の竪琴《たてごと》のような声を響かせる。これをハイレゾで体験したのなら、どんなに強面《こわもて》の客でも身悶《みもだ》え、紅潮し、涎《よだれ》を垂らし、やがて椅子から溶け崩れる。脳内麻薬の分泌音がこっちにまで聞こえてきそうなほど。

我に返るたびに、おかしな仕事をしていると思う。でもペットショップにいた時と比べ、私の「待て」それ自体に価値があることは特段、嬉しい。

それに、なんといっても実入りが良い。

あれほど心が削られたマンションの更新料、住民税、チョコレートの値上げも気にならなくなった。食事会にわざと遅れて出席し本当は一人三千円のところを「瀬尾さんは二千円でいいよ」と言ってもらえるよう仕向ける、悲しい生活術《ライフハック》を発揮することもなくなったし、今みたいに、こうして赤坂《あかさか》から多摩《たま》までをタクシー移動することになんら躊躇《ためら》いもなくなった。

「次はどんな案件なんですか?」

「んー、着いたら話します」

小野寺さんは不自然なほど背筋を伸ばし、真正面を見据え抑揚《よくよう》なく答える。鼻の穴がひくひく膨《ふく》らむ。明らかに何か隠し事をしている。強張《こわば》った首筋には汗が滲《にじ》み始めていた。

「なんか最近よそよそしいですね」

「え、誰がです?」

「いや、小野寺さんが」

「そんなこと、ないと思いますよ」

「ハイタッチもしてくれないし」

「する必要があったら、しますよ」

「小野寺さんて、どんな時に笑うんですか」

私の質問は狭いタクシーの車内、シャボン玉のように宙に浮かび、弾《はじ》けて消えた。

まあいいや。

「着いたら、起こしてください」


降りた家の表札には「小野寺」とあった。

小野寺さんの挙動不審ぶりはさらに磨きがかかり、タクシーで受け取ったお釣りで両手が塞がり、門の前を右往左往。訊《き》かなくてもわかる。小野寺さんの実家のようだ。


なかなか立派だ。漆喰《しっくい》の塗られた白い石塀、その上から、ぐわんと立派な松が顔を覗《のぞ》かせている。正門の横には、庭を潰して設けたに違いない駐車場があり、古いセレナが一台停まっていた。なんで、連れてこられたのだろうか。

「私、ぜったい小野寺さんとは結婚しませんよ？」

「早合点しないでください。確かにここは僕の実家です。でも、今は叔父夫婦が住んでいるのです。私は母を早くに亡くし、父も去年の春、脳腫瘍で死にました。本来なら、この家は私のものになるはずでした。が、叔父夫婦に簒奪《さんだつ》されたのです。父の意識が混濁している時に無理やり説き伏せたらしく、私が気づいた時には既に土地家屋など一切の所有権はすっかり叔父に譲渡されていたのです」


虚《きょ》をつかれ、私はぬぼーっとする。

急に話が重い。驚いた。寝ている猫を二時間眺めるような人だったが、こんな事情を抱えていたとは。車中、軽口を叩いたことを反省する。

「家を返せとか、そんなことは言いません。彼らに今更何を言っても無駄です。ただ、いっぱい食わせてやりたいのです。だから、瀬尾さんには叔父とその妻に〝待て〟をして欲しいのです」

「はい？」

ぬぼーっとしているうちに大分《だいぶ》、話が変な方向へ進んでいた。

「え、ちょっと」

「大丈夫です。気づいてないのですか？　今のあなたは犬猫のみならず、手をかざせばたいていの動物は〝待て〟させられるんです。人ですら、ね」

「え、そうなんですか」

「現に、あなたは初めて話した時、僕の顔に手をかざしましたよね？　その時、僕は硬直したではないですか」

あれは、そういう硬直だったのか。知らなかった、いやしかし。

「あなたとハイタッチをしないのは、そのためです」

あ、なるほど、なんとなく辻褄《つじつま》が合ってしまう。いやだから、私が訊きたいのはそんなことではない。なぜ私がそんなことに付き合わねばならないのか、ということだ。申し訳ないが親族間トラブルに自ら突っ込んでいく義理はない。第一そんな義理人情を持ち合わせているなら、お世話になったペットショップを突然辞めたりはしない。とはいえ好奇心は人一倍あるのもまた事実だ。困った。

ほらみたことか。気づけば私は、小野寺さんの叔父夫婦の顔に手をかざし「待て」と唱えていた。さっきまであれほど「通報だ、通報！」と吠えまくっていた中年男女が、腑抜《ふぬ》けたように立ち尽くす。完全に「待て」の状態だ。流石《さすが》に自分で自分が怖い。本当に、そんな能力があったとは。

小野寺さんが叔父と妻を「よっこらせ」と立たせる。その二等辺三角形の頂点に、彼は座る。こちらを向く。

「にっくき叔父夫婦を使って、最高のハイレゾ体験をしてやるんです。ささやかな復讐です。どんな情けない声で鳴くのか、見ててくださいよ。楽しみでもう鳥肌が立っています」

いっぱい食わせるとは、こんなことらしい。小野寺さんらしく、スケールが小さく、なにより陰湿だ。

「瀬尾さん、あなたはさっき尋ねましたよね。私がどんな時に笑うのかと。きっと、こんな時です。三秒後、私は恍惚の笑《え》みを浮かべていることでしょう。それではいきますよ、三、二、一……」

指を鳴らす。

しかし、何も起こらない。

小野寺さんはもう一度、指を鳴らす。変わらず、沈黙が流れる。

「ああ、瀬尾さんは、人間相手でも能力を発揮できるみたいですが、私はまだみたいですね」

小野寺さんが、ばつの悪そうな笑みを浮かべた。ナウシカだったら、きっと微笑《ほほえ》みを返すだろう。私は違うので、手をかざし、硬直させて、軽くビンタした。小野寺さんは情けない声で、くうんと鳴いた。

机の下の囚人

懲罰房《ちょうばつぼう》が足りないということで、私たちのデスク下に囚人たちが運ばれてきた。

「一週間、どうぞお願いいたします」

主任らしい看守の男性が恭《うやうや》しく頭を下げている間に、他の看守が手際よく拘束された囚人たちをデスク下めがけ放り込んでいく。事前に聞いていたので、予《あらかじ》め電源コードの類《たぐい》は結束されており、人一人蹲《うずくま》れる程度のスペースは確保されている。そこに「せえの」で、次々に。


服役中に狼藉《ろうぜき》を働いた囚人を収容するのが懲罰房だ。いくら刑務所の懲罰房が不足しているからといって、なんでたびたび、単なる人材派遣会社のうちが、デスク下を懲罰房として提供しているのか。確かにうちは派遣先と提携して更生施設や少年院にいた人らの社会復帰の仲介をしているが、その延長にしては荷が重い。会社的には都からの協力金がより多く貰えるから、というのが主だったものらしいけれ

ど、

「でも庶務に丸投げするの本当やめて欲しいよね、庶務を広げすぎ。看守やりたくてきたんじゃないんだから。じゃあ何か他にやりたいことがあったかどうかは別として」

最後だけ、早口。二年先輩の八幡《やわた》さんは囚人配置中も席からどかず、椅子から立ち上がり、腰をくの字に曲げたまま、タイピングの手は止めない。でも、今彼女が言ったことが全てだ。

「協力金？　助成金？　それって、こっちに回ってるんですかね。結局、営業が優先じゃないですか。空調だって古いまんまだし」

「だから懲罰房に抜擢《ばってき》されたんじゃない？」

つい笑ってしまったけど、言えてる。

ただでさえ蒸し暑いのに、足もとには手足を縛られた囚人が三角座りをしている。

設備は古いまんまだが、会社への協力金とは別に、デスクに囚人を収容した社員にはそれぞれ管理手当が支給されるので、慣れてしまえば旨味《うまみ》がゼロというわけでもない。いつの間にか、八幡さんが私のデスクトップを覗《のぞ》き込む。

「あ、そっちの暴行じゃん、いいな」

「ダメですよ、私もまだ確認してないのに」

囚人の個人情報は当然、秘匿事項なのだが、担当囚人が何語を母語とするのか、どんな罪を犯したのか、など支給額に関連するものだけは、個別通知がくる。私のところにやってきた囚人。母語はタガログ語、車上荒らしに加えて、逮捕の際に警官を殴打《おうだ》。さらに服役中に看守に頭突《ずつ》きを食らわせて懲罰房行き、とのこと。八幡さんが暴行を羨《うらや》ましがったのは、危険が及ぶ可能性がある分、支給額が上乗せされるからだ。


そうはいっても、だ。

私はようやく、机の下で蹲る囚人を俯角《ふかく》で眺める。襟《えり》が黒く汚れたシャツを着て、短く刈り込んだ頭に大きな傷痕が目立つ。項垂《うなだ》れた首から頸椎《けいつい》が背びれのように浮き出ていた。

このやせ細った体で警官を殴り、看守に頭突きを食らわせるとは。よほどの向こう見ずなのだろう。遠い異国からやってきた若い犯罪者がこれまで歩んできた人生に少しだけ思いを馳《は》せながら、私と八幡さんはうちの登録者に対する派遣先からのクレームに対処していく。

「いや、そっちがなんとかしろよ」「技能研修はうちじゃねえから」「誰だよこれ引き受けたの営業全員クビにしろ」。さて、目に見えて八幡さんの口が悪くなってきた。そろそろ終業時間だ。

八幡さんのデスク下に収容された囚人はえらくガタイがよく、八幡さんが脚を組み替えるごとに、足先が囚人の太い首を蹴ることになる。

「かわいそうじゃないですか?」

「え、誰が? ああ、囚人? いやでもほら、ここ懲罰房だから、懲罰。少しくらい罰与えた方がむしろ社会貢献だと思わない?」

八幡さんはこっちを見ないまま早口にまくし立てると「はい、今日もう終わり! もう受けつけませえん!」の「せえん!」で景気よく囚人を蹴飛ばし、その勢いで立ち上がり「お疲れえ」と一瞥《いちべつ》もくれずに帰っていった。

八幡さんのこうした割り切り方こそ、私に必要なんだろうな。クレーム処理だって、相手の言い分に耳を傾けるとつい、こっちに非があると思い込んでしまう。そうなると、相手はつけあがる。不要な遣《や》り取りを生む。業務が遅延する。それじゃや、ダメだ。強くならなくては。

卓上の書類を仕舞う。そして、そおっと足先を伸ばし、囚人の肩を軽く蹴る。途端、首が九十度回り、目玉がこちらに向けられる。慌てて顔を背け、退勤入力を済ます。エレベーターホール前で振り返ればデスク下で蹲る彼らはそのまんま「囚」の字に見えた。

にしても、八幡さんはやりすぎてしまった。

営業が強引に引っ張り込んだ新規派遣先からの苦情で、いつにも増して忙しい。それに加えて空調がいよいよ寿命を迎え、汗が手の甲に滴《したた》り落ちるほどに、室温は上昇していた。

なによりも耐えられないのが、臭いだ。懲罰房の囚人に入浴は認められていない。

畑で朽ちて白くなったスイカのような饐《す》えた臭気が充満している。それでもなお次から次へと「今日中に」と気軽に回されてくる案件。気づけば「知らねえよ、そっちでやれよ」と、私らしからぬ罵詈《ばり》が唇から漏れていた。

私ですらこうなのだ。

八幡さんは当然、限界を超えていた。

「てめえら、くせえんだよ！　なあ！　とっとと消えちまえよ！　ケチなコンビニ強盗がよ！　何を一丁前に刑務所でやらかして懲罰食らってんだよ、なあ！　お前らも本当はなめてんだろ、私らを！　庶務を！」

気づいたときにはもう遅く、八幡さんは無抵抗な囚人の脇腹を何度も何度も、執《しっ》拗《よう》に蹴飛ばしていた。青痣《あおあざ》がはっきりと見て取れた。流石《さすが》に、これ以上はまずいことになる。

「八幡さん、ちょっと」

「いいよ！　触んなよ！　てかあんたみたいなだるい奴のせいで、こっちの仕事が増えてんだけど、その自覚ないでしょ？　あんた、私がいなかったら普通クビだってことわかってる？　わかってないよね？」

怒りの矛先は滑《なめ》らかに私へと変わり、深々と刺さる。悲しみが見る間に痣となる。だけど、八幡さんの言う通り、彼女をここまで追い込んでしまったのは、私の不出来が原因かもしれない。私がもっと効率よく仕事を回していれば、こんなことにはならなかった。いや、この被害者意識があるから、ダメなんだった。

野太い野獣のような咆哮《ほうこう》。

同時に、八幡さんの身体《からだ》が、一瞬だけ宙に浮き、キャスター式椅子の背もたれに投げつけられると、そのまま椅子は彼女を乗せて真っ直ぐ壁に激突し、張りっぱなしの健康診断のお知らせが落ちる。

八幡さんの囚人が、両手首を後ろで固定されたまま、蹲踞《そんきょ》の姿勢から真っ直ぐ彼女めがけて、思い切り頭突きを食らわせたのだ。八幡さんは、椅子の座面から転げ落ちたまま、動かない。いや、誰も動かない。頭突きをした囚人でさえ、そのまま苦しそうに呻《うめ》いている。

動いたのは私だけ。残念ながら、通報。

「それじゃあまた一週間、お願いします」

再び主任看守の男性が頭を下げる。他の看守が私のデスクの下に、囚人を運び入れる。全く、八幡さんの事件以来、人手不足で忙しいのに。

八幡さんに頭突きを食らわせたガタイの良い囚人は、懲罰中とはいえ、目撃証言から正当防衛が認められ、そのまま刑務所へと逆送されたようだ。


八幡さんの方こそ帰ってこなかった。

知らなかったけれど、あの人は私が入社する前に同様の事件を起こして、執行猶予処分を受けていた。彼女がクビにならなかったのは、寧《むし》ろ雇い続け無事に執行猶予期間を乗り切り、再発防止が徹底できていることを都にアピールしたかったのだ。だって協力金が、欲しいから。


ところが、執行猶予中の再犯となれば実刑は免れない。民間委託は打ち切り。懲罰房としてデスク下を提供することはできなくなった。

だから会社は、懲罰房の代わりではなく、刑が確定している囚人を収容する「拘置所」としてデスク下を貸し出した。なかなかの剛腕だ。これも営業の力だとすれば、認めたくはないけど確かにすごい。

八幡さんがいなくなってから、私が実質、庶務の責任者である。未だ、あの人のような強さは身につけていないのが現状だが、やるしかない。画面に目をやる。拘置所の囚人情報が表示されている。母語は日本語。罪状は暴行。「暴行じゃん、いいな」というセリフは隣から聞こえてこない。

だって、八幡さんは今、私の足もとで、蹲っている。あなたが抜けたせいで、本当に忙しい。苛立《いらだ》ちは募る一方だ。ああもう。ねえ、八幡さん、蹴飛ばして、よいんですよね。これも、社会貢献ですよね。

おっさんは犇《ひし》めく

おっさんカフェの客層がおっさんだなんて、さすがに予想していなかった。

秋葉原《あきはばら》駅から万世橋《まんせいばし》方面へと向かう途中、大通りに面したオフィスビル群の隙間に滑り込み、突き当たった雑居ビルの四階に、そのカフェはあった。

メイドカフェに端を発した新しいコンセプトカフェは、巫女《みこ》、男装などのコスプレ系から猫カフェといった動物系と分岐するも、それぞれに人気を獲得。現在は最盛期ほどメディアから注目されなくなってはいるが、混沌を歓迎する秋葉原という街で、着実にその種を増やし続けている。

例えば、先ほどエレベーターで通りすぎた階には、「魔王城《まおうじょう》最寄《もよ》りの村《むら》喫茶」「記憶《きおく》五分毎《ごふんごと》消失《しょうしつ》茶房」「不空羂索観音《ふくうけんじゃくかんのん》カフェ」なんてテナントが入っていた。どの分野にも好事家《こうずか》はいるのだ。

だからこそ、おっさんカフェそれ自体に、なんら驚きはない。興味もない。ただ昨日、大学生の娘から、

「なんか、そういうとこがあるらしくてさ、で、口コミが『つまらなかった』『時間の無駄』『清潔感がない』みたいなのばっかで、逆に気になんだけど、お父さん職場近いし、ちょっとレポしてくれない？」

などと言われたので、致し方なく向かっているだけだ。とはいえ、どうせ行ってきたところで、娘はもう頼んだことすら覚えていないだろうし、自分の娘のためにわざわざ時間を費やしてきた父親の媚態《びたい》に嫌悪感を覚える可能性すらある。

だがそれでも、おっさんは、娘に頼まれたら、行くのだ。

看板には店名らしき、「madogiwa」の文字。

一瞬、何語かと思ったが「窓際」だ。中年男性の哀愁、なるものを粗雑な解像度で抽出すると、こんな単語に落ち着くらしい。当事者としては露悪的な安直さに辟《へき》易《えき》するも、ドアを開けた瞬間、そんな心象は吹き飛ぶ。

おっさんが、多い。

想像していた数の倍、おっさんがいた。

マットの敷かれた床に思い思いの格好で、おっさんたちが寝っ転がっている。先日観たゾウアザラシのドキュメントを思い出させた。充満する発泡酒の匂いが鼻腔《びこう》の粘膜を蹴る。

「いらっしゃいませ」

急に囁《ささや》かれ、思わず仰《の》け反《ぞ》ってしまった。

真横にまた、おっさんがいた。私と同い年かやや年長の、白髪交じりの口髭《くちひげ》を蓄えた、いかにもマスター然とした男がレジカウンターの奥から顔を突き出している。久しく嗅いでいないポマードの香りがした。

「お客様、当店のご利用は初めてでしょうか」

店主は他のコンセプトカフェ同様、利用上の注意点を丁寧に説明する。ワンドリンク制であること、一丁前に珈琲《コーヒー》豆にこだわりがあるらしいこと、料金は十五分区切りの自動延長制であること、おっさん用のお菓子などはカウンターで買い求めることができること、寝ているおっさんを無理に起こしたり、触ったりしないこと、などなど。以前利用したことのある猫カフェで受けた説明と大して変わらない。

幸いにして、客は私一人のようだ。

おっさんがおっさんを可愛がる、世にも頓狂《とんきよう》な時間をこれから過ごすと思うと、失笑を禁じ得ない。

「他のお客様の迷惑になるような行為だけはご遠慮願います。それではどうぞ、ごゆっくり」

店主はそう言い残し、バックヤードに引っ込んだ。珈琲のカップを片手にそのままおっさんたちが寝そべっている中央へと向かう。

さて、どうにも何かが引っかかる。なんだ。そう「他のお客様」だ。店主は確かにそう言った。私の他に客がいるのか？　どこに？　店内には、おっさんしかいないではないか。

いや違う。

話が、変わってきた。

おっさんカフェを利用する人間など、どうせ物好きな若者だと決めつけていた。

ところが、今の店主の物言いはどうだ。すでにこのおっさんの群れの中には、カフェ専属おっさんと、客としてのおっさんが、それぞれ紛《まぎ》れ込んでいるということになる。

どうして、その可能性を考えなかったのか。思えば、私もまた、その中の一人じゃないか。自分を慰めることを不得手《ふえて》とする、人生の後半に差し掛かった男どもが同属を慰撫《いぶ》し、孤独の落とし所を探し求める。その心情はわからないでもないが、果たして、私はお客のおっさんと、カフェ専属おっさんを見極められるだろうか。

おっさんなど、おっさんにすぎないのに。

とりあえず、一人だけ立っているのはおかしい。すうっと、スーパー銭湯の露天風呂に浸《つ》かる時のように、曖昧《あいまい》な手刀《てがたな》をもっておっさんどもの群れに交じってみる。目を瞑《つむ》る。

まず意外なことに、落ち着く。これだけおっさんがいるというのに誰も口を利かない。カルパスの包みを開ける音や、表紙の破れた釣り雑誌をめくる音、無遠慮ないびきが、間延びした空白をじわり満たしていく。

目を開ける。

眼前には気持ち良さそうに寝入っているおっさんがいる。ゴルフ灼《や》けした鼻は赤く膨《ふく》らみ、生え際は容赦《ようしゃ》なく後退している。それでも、私よりかはいくらか年下に思えた。

さすがに、このおっさんは、カフェ専属のおっさんであろう。わざわざお金を払って、おっさんに囲まれ、寝入る理由などない。彼の後退した生え際になんとなく、手を伸ばす。

「おい何すんだよあんた」

突然、おっさんは目を開き、私の腕を摑《つか》んだ。冗談だろう。お客だったというのか。一発目からいきなり外れてしまった。

「いえ、あの、すみません」

「こっちは貴重な昼休みに来てんだよ」

「あの、決して邪魔をするつもりでは」

「あんたにはわからないのか！　ええ？　劣等感や疎外感に苛《さいな》まれない時間が、どれだけ貴重なものか！」

弛緩《しかん》していた空気が、にわかに張り詰める。わずかに周囲に目を配らせる。何名かのおっさんから、非難がましい目線を向けられていた。ということは、彼らは客なのだろうか。いや、それも今となってはわからない。

「いや、大変失礼しました、私も」

こちらが謝罪している最中だというのに、もう目の前のおっさんは、寝息を立てている。私を刺す視線の棘《とげ》もすっかり引っ込んでいる。怒るだけ怒って、次の瞬間にはもう凪《なぎ》。なんたる気兼ねなさだ。またしても、いびきとカルパスの包みの音が心地よくユニゾンする。

何も無理に、おっさんを可愛がろうとする必要などないではないか。少なくとも、今のおっさんの言葉通り、ここにいれば劣等感や、寄る辺《よるべ》ない肩身の狭さを感じることはない。清々《すがすが》しい。久しぶりに肺で呼吸したような気分だ。もしかしたら、ここは、本来、そういう場所なのかもしれない。四十に差し掛かってから、常に感じ続けている疎外感。自宅であろうが、職場であろうが、自ら選んで居るはずなのに、居させてもらっているような隔絶された感覚、それが、ここにはない。

おっさんカフェに、おっさんは居て良い。

つまり、私は、ここにいるべきだ、そう感じることができる。

こんな多幸感、娘が生まれた時以来ではないか。いっそ、ここの専属おっさんになってやろうか。なんてことを一瞬考えたが、私は帰って、娘に感想を伝えなくてはならないのだった。

感想、ふと、サイトに寄せられていたという口コミが頭を過《よぎ》る。「つまらなかった」「時間の無駄だった」「清潔感がない」、もしかして、これら否定的な感想は、目の前のおっさんたちが書き込んだものではないだろうか？　やっと見つけた安息の地を、他の客層から遠ざけるために。だがそれでも、娘のように興味を持ってしまう若者も現れてしまった……もしそうなのだとしたら、娘になんて伝えれば良い？　答えが出るまでは、ここにいよう。

七年後

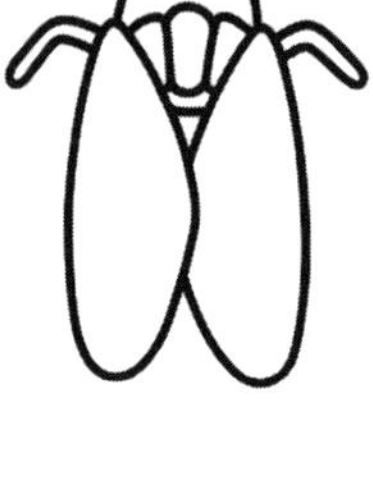

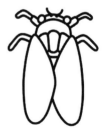

祖父は流れ弾に当たって死んだ。

というのが地元警察による当初の説明だった。

裏手の山道で、祖父の遺体は発見された。胸部が銃弾のようなもので貫《つらぬ》かれていたという。

ところが捜査が進んでも、祖父の遺体、そして近辺からも猟銃の弾などは発見されなかった。やがて、司法解剖の結果（詳しい内容はわからない）を手にした警察は、祖父の死因を「流れ弾のようなものに当たって死んだ」にそっと変更した。弾も銃も見つからなければ、しょうがないことかもしれない。果たしてこれは不幸な事故なのか、それとも不可思議な事件なのか。葬儀が終わった今も不明のままだ。

久しぶりに顔を合わせた従兄《いとこ》らも、突然の訃報に絡みついた疑問符に小首を傾《かし》げ、祖父の思い出を語らう時間もなく、それぞれの暮らしへと戻っていく。父と母も仕事で東京に帰らねばならないというので、高校が夏休みに入り、時間のある僕が残って、遺品整理で祖母を手伝うことにした。

僕が祖父の家に来るのは小学四年生以来だから七年ぶりだ。驚くほどに何も変わっていない。全体が垢《あか》じみたというか、家全体の塗装が薄まったような気がする程度だ。家具や家電の類《たぐい》もまるで変わらず、ただ七年の歳月を上から回しがけしたように見えた。

ところで祖父の家に来たはいいが、高校生の僕に整理できる遺品などあるはずもなく、冷蔵庫で見つけたフルーツゼリーを食べ終わると早々に暇を持て余し、流しにスプーンを戻す時、祖母に「ちょっと部屋行って来るね」と伝えた。

「ん、部屋って?」

祖母は聞き返す。そういえば、七年前までは単に「部屋」とだけ呼んでいたあの場所は本来なんていうのだろうか。

「裏にほら、あったじゃん、ボロボロの」

「ああ、納屋、納屋ね。おじいちゃんが昔使ってた。でも、どうして? もう何年も誰も入ってないのに、あそこ。危ないし」

「うん、なんか懐かしくなって」
そうか、あれが世にいう「納屋」なのか。勝手口から山の方へ、祖父が倒れていた山道から反対に、子供の足で三分ほど歩いたところにあった木造家屋。ボロ家にボロ家を載っけたようで、当時からすでに誰も使っておらず「いつ倒れてもおかしくない」と母から注意されていた陋屋《ろうおく》だった。記憶では、一階の土間に錆《さ》びた灯油用の一斗缶《いっとかん》やら丸めたゴザらが雑然と置いてあり、奥の梯子《はしご》階段を上れば四畳間がある。お盆に親戚が集まった際、もっぱら大人たちが宴会を開いている裏で、従兄らと遊んだ懐かしい場所だ。

祖母の心配そうな表情を背に、勝手口から一歩外に出れば、蟬《せみ》の声に囲まれる。年々、蟬の数が減っているというが、果たしてその傾向は田舎にも及んでいるのだろうか。アスファルトの反響が加わった都会の蟬の声より、ここで聴く蟬の声の方がいくらか柔らかい。そういえば最後に来た時も、蟬を捕まえた。

七年前の夏。もう従兄らも中学にあがり、部活が忙しく集まらなくなっていた時期だ。僕はその時もひとり、暇を持て余すと、「自由研究」にかこつけて虫捕り網に籠《かご》を提《さ》げ、裏の林を散策した。カブト、クワガタはどうせ見つけられない。結局、蟬だ。背丈くらいのところで安穏と歌っている蟬たちを、次から次へと籠に放り込んでいく。トマトでも収穫するかのように。最後の方は籠も埋まり、ほとんど蟬と蟬の隙間に蟬をねじ込むように乱獲していた。

満足、同時に虚無感。

大量に捕まえたが、飼育したかったわけでもない。仮に飼育しても蟬は七日の命。だからといって、再び空に帰すのはどこか勿体《もったい》無い。自由研究の落とし所をどうしたものか。籠の中で彼らは蛇腹《じゃばら》状の腹部を伸縮させ、互いを押し合いながら、ギチギチと昆虫音（昆虫が発する独特の音）を鳴らし続けていた。この後、僕はどうしたのだっけか。

七年前から伸びる糸が、僕を手繰《たぐ》り寄せる。勝手に足が進む。そう、蟬たちはみな、誰も使っていない納屋の梯子階段上の四畳間に放し、そこに閉じ込めたのだ。

建て付けの悪い引き戸には隙間が生じてしまい、何匹かはすぐに逃げ出してしまったが、それでも一日の〝収穫〟を収納するには十分すぎた。そこから先は思い出せない。恐らくは蟬のことなどすぐに忘れてしまったのだろう。自由研究は未完のままだ。

そして、七年ぶりの納屋。

周囲に背の高い草が茂り、入り口が見えないほどだ。本当に七年前の僕を最後に、誰もここに近寄らなかったのだろう。足の先で一歩、一歩、草を踏み込むように分け入っていく。

納屋は地面の傾斜に合わせて全体が歪《ゆが》み、ささくれた梁《はり》が隙間から見え、戸は半分ほど開いて戻らなくなっていた。体を横にして、なんとか入れた。七年前からさらに朽ち果てた一斗缶やゴザ、異様に眉《まゆ》の太い女性タレントが笑っているカレンダーが目に入る。スイッチを押すも電気は点かず、スマホの明かりで照らした。床には埃《ほこり》が積もり、僕の真新しい足跡が月面のように残る。

長方形の光が、壁を照らす。

妙だ。七年前は、こんなものはなかった。

板壁を引っ搔《か》くような傷が無数に走っている。なんだこれは。酔っ払った侍がめちゃくちゃに刀を振り回したみたいだ。その傷は梯子階段から二階へと続いている。

ぎちり、ぎちり

異音。しかし、どこか懐かしい。

上の四畳間の戸の隙間から聞こえてくるようだ。記憶に摑《つか》まれる。あの蟬たちの音、なのか。生きているのか。いや、そんな馬鹿なことがあってたまるか。階段を上りきると、戸の隙間に手をかけ、指先に力を込め、一気に闇を開く。


想像通り。そして、期待はずれだった。

そこには単なる厭《いや》な光景が広がっていた。七年前の僕が乱獲して幽閉した大量の蟬たち、その骸《むくろ》が累々《るいるい》と床に転がっていた。普段から蟬の死骸は路上でよく見かけるが、こうも大量にあるとさすがに気色が悪い。
それにしても、まさかそのまま残るとは。蟻《あり》などに蝕《むしば》まれない限り、形は残るのだろうか。足元に転がる一体を照らす。死骸の中身は空洞で、よく見れば背中が一文字にパックリ割れている。

これは、ちょっと、おかしくないだろうか。
たとえ急激に乾燥したとしてもこうはならないだろう。死骸というよりか成虫へ羽化《うか》した時の「抜け殻」のようだ。七年もの歳月を土の中で過ごしたのち、一瞬の生を謳歌《おうか》するために残す、あの抜け殻に。その隣に転がる死骸を照らす。やはり、背中が一文字に割れている。その隣の死骸も、みんな中身が空洞で、背中が割れていた。

ぎちり、ぎちり

先ほどの異音が、すぐそばで聞こえた。

すぐさま、音のする方にスマホを向け照らす。

そこには柱にしがみついた一匹の蟬がいた。だが、様子がおかしい。なんだ。そう、背中だ、背中が今まさに一文字に割れようとしている。

全員が知っている。蟬は一夏の命であると。じゃあ今、目の前で、生まれようとしているこの新たな生き物はなんだ。僕が今、見ているのは蟬の「次」の段階ではないのか。


それは蟬の背中から、半透明の触手のように垂れ下がると、どくどく蠕動《ぜんどう》し、静かに体液を体表全体に染み渡らせ、やがて曖昧《あいまい》だった体節にくっきりとした凹凸を施したかと思えば、その脇腹部にある突起と突起の間に渡っていた膜状のものが、ワイヤーを差し込んだように張り出して、スマホの光が壁に透過する。刹那《せつな》にして、微細な振動が空気を伝う。羽音のようなものが、四畳間に響く。唸《うな》る。轟《とどろ》く。


空間が、切断された。

羽化したばかりのそれは文字通り一直線に自らを発射した。板壁にぶつかり、断りつけ、跳ね返った勢いでさらに加速し僕の頬を掠《かす》めた。傷は浅いが、血が滴《したた》る。少し遅れて、鋭い痛み。もし、今の速度で胸部を貫いたら……動悸《どうき》が、脳を部位ごと揺らす。だが、なによりも、

僕はこいつを、テレビで、動画サイトで、見たことがある。

そして色々と合点が行く。

知名度の割に、残されている映像が少ないわけだ。

まず彼らは個体数が圧倒的に少ない、のだろう。七年間、地中でじっとしていた幼虫が今度は地上での短い生活を経て、そのまま七年間、安全な場所で蟻などに蝕まれることなく、じっとしていなくてはならないのだから（僕は図らずも奴らにとって最適な環境を提供してしまったのかもしれない）。

目撃者が少ない理由も明らかだ。

仮に目撃できても、羽音すら追いつかない速度で空気を抉《えぐ》り飛ばし、目撃者自体

を射貫《いぬ》いて殺すかもしれないのだ。そう、山道で倒れていた祖父のように。そう、流れ弾のようだ。確かに、流れ弾のようだ。

　スマホを投げ出し猛然と走り出した。奴らがつけた傷跡の残る壁を蹴飛ばし、一階土間へと転げ落ちるようにして下りる。羽音を背後に感じる。恐怖で硬直する。太腿《ふともも》を強く叩く。動け。走れ。七年越しの自由研究はとんだ結果となってしまった。逃げなくては。そして伝えなくては。蟬には「次」の段階があったということをそれが祖父を殺した正体であることをさらにそいつは昔からスカイフィッシュと呼ばれている奴であるということ

びしょ濡《ぬ》れの男

びしょ濡れの男がやってきた。
なんとなく、そろそろ来そうな気はしていたので、やはり私の勘は冴《さ》えている。
その時、私は店奥の倉庫で、雑に立て掛けてある本物のミイラの傾きを直してお
り、彼の来店に気づくのが遅れてしまった。ここの店主が長年にわたり蒐集《しゅうしゅう》した
骨董《こっとう》を整理していたのだ。互いに拳《こぶし》で壊し合う兵馬俑《へいばよう》、桐箱《きりばこ》に入ったゴッホの耳
たぶ、ナポナの空箱《からばこ》（あとで知ったがお菓子だそうだ）などなど、真贋《しんがん》はともかく
純喫茶には不要な品々が、今にも崩れ落ちそうだったのだ。

びしょ濡れの男は、入り口の敷きマットに立ちすくんだままだった。彼からの水
滴でマットがびしょ濡れだ。男はひどく申し訳なさそうな顔をしていた。大丈夫、
あとで交換すればいい。
「お待たせしました。一名様ですね」

さて、一応確認したが雨など降ってていない。空には、この日のためにとっておいたような青が広がっている。だがびしょ濡れの男にとって、そんなことは関係ない。季節ハズレのベージュのロングコートの裾から、ぴちょんぴちょん。肩まである髪の毛も、頬全体を覆う髯《ひげ》にも雫《しずく》が玉を作る。寂しそうな目を覆う深い眼窩《がんか》からも、やはり水滴は落ちていく。彼は何も言わず、ただ頷《うなず》いて、指を一本立てた。

「どうぞこちらへ」

普通ならバスタオルか何かを用意するべきかもしれないけれど、あいにくここは秘宝館《ひほうかん》経営に失敗した店主、つまるところ私の祖父が半ば無理やりに喫茶店に鞍替《くらが》えした店だ。ボタンを押すと裸になるサモトラケのニケ型自動人形が纏《まと》った衣類を除けば、使えそうなものはせいぜいおしぼりしかない。水を含んだおしぼりなんか焼け石に水だ。でも、どんなお客さんであろうと断らないのも、店主の昔からの方針だ。とはいえ、このままびしょ濡れの男を通せば、店内が水浸しになってしまう。

でも大丈夫。タオルはないが、喫茶店にはコースターがある。カップを置く、コースターが。それも大小様々のものが、それはもう大量に。私は「できるタイプ」を勝手に自任している。祖父は認めないが、ほら、すでに私はコースターを懐《ふところ》に忍ばせている。

「こちら、お気をつけて、お進みください」

赤い絨毯《じゅうたん》が敷き詰められた床の上、無理なく進めるよう歩幅に気を遣って、一枚、また一枚と、うちにあるものでも最大級のコースターを置いていく。びしょ濡れの男は、悲しげな表情を崩さぬまま、それでも懸命に私の呼吸に合わせ、進んでいく。置く。「どうぞ」。置く。「どうぞ」。

びしょ濡れの男は、途中で何度も犬のように体を振り回し、湧き出る水滴を払った。一瞬、確かに水滴は減る。だが、意味がないことは本人だって百も承知なのだろう。「本当はやめたいんだけどね」と言いながら煙草《たばこ》を吸う常連を思い出す。私も、意味がないけれど、間食を控え、結果として夕ご飯を大盛りにする。だから、気持ちはわかる。

嬉しいことに、コースターの上を歩くにつれ、びしょ濡れの男は徐々に乾いていった。うちが使っているのは特殊加工したコルクのやつで、カップ底の水滴をよく吸ってくれる。びしょ濡れの男が歩けば当然、水を吸う。すると、だんだんと表情も晴れやかなものに変わっていく。口元が少しだけ緩んでいる。よく見れば瞳は碧《あお》く、髯に覆われていない部分は白く陶器のように美しい。今や決して、私のびしょ濡れ男は、捨て犬なんかではない。つい、誇らしい気持ちになる。

これまで何度もびしょ濡れの男を案内してきたが、正直、失敗の連続だった。それは認める。最初はただ雨に濡れた人と勘違いしたし、コースターで足場を作ることを思いついても数が足りずに帰ってもらったこともある。なんとか奥の打ち合わせ用のボックス席にまで案内できても、注文されたクリームソーダの準備に多少手間取っているうちに、水で浮いたコースターがこつんとくるぶしに当たった。でもその都度ノートにメモしながら、次のびしょ濡れさん応対に繋《つな》げてきたのだ。

結果として生まれたのが、今まさに向かっている席だ。早い話が、コースターで作った席があれば良かったのだ。店奥の倉庫のすぐ横、入り口からもっとも遠い客席。そこの壁も床も全てコースター仕様に張り替え、卓と椅子も、巨大なコースターを重ねに重ねたものにしている。ここなら、びしょ濡れの男も安心してくつろげるだろう。

足の悪い祖父は、普段滅多《めった》にここまでこない。それに「どんなお客さんであろうと断らない」の精神は守っている。ならば、これからも自由にやらせてもらいます。

さて、びしょ濡れの男は、この特等席を一瞥《いちべつ》した途端、それはもう戦地から帰還した飼い主に再会した犬みたいに、目を輝かせ、見えない尻尾《しっぽ》を振りまくる。実際に身震いしているのか、水滴が目に入った。

すっかり、びしょ濡れ男からしっとり男となった彼は、コースター席に座り、コースター卓に載った肘《ひじ》用コースターに満足しながら、メニューを開く。やがて遠慮がちにクリームソーダを指差す。びしょ濡れの男達はこれが好物なのだろうか。それとも、単にコーヒーが苦手か。

「少々、お待ちください」

もう私は手間取ることはない。あっという間に提供すれば、彼はチェリーの載ったクリームソーダを大切に、そして芯から美味《おい》しそうに味わった。水分を摂《と》ったらびしょ濡れになるかと少し心配だったが、杞憂《きゆう》に終わる。壁、席、卓、その全てがコースターなのだから吸水力は抜群。柱からこっそり覗《のぞ》いた彼の姿はもう「休日のキアヌ・リーブス」にしか見えない。

慎重にグラスを目の方へと近づけ、照明に透かす。エメラルドグリーンの気泡が弾《はじ》けて、彼の白い肌をしゅわしゅわ染めていく。アイスとソーダの境界線をスプーンでいたずらっぽく崩し、やがて愛《いと》おしげに口に運ぶのだった。そして私は、見逃さなかった。乾いた彼の頬を、美しい一粒の涙が伝う、その瞬間を。物言わぬ彼だが、千の言葉以上の感動が、周囲を浸す。生まれてこのかたびしょ濡れの彼だが、今ようやく心から潤《うるお》ったのだろう（思わず、この麗しき光景を今すぐノートに記録したくなったが、客がいるうちは我慢するとこの間《あいだ》、誓った）。

さて、やってしまった。

夕飯時に混み合い、最後に、常連客が結局煙草を一箱吸って帰った頃に、「あ」。びしょ濡れの男を、忘れていた。

慌てて特等席に駆け込むと、そこには壁にもたれかかった、完全に干からびた男がいた。目は半開きで、肌はチキンソテーの皮みたいにパリパリになっていた。とはいえ、口元には、確かな恍惚《こうこつ》が残っている。足先には、真紅のドライチェリー。

干からびた男は軽い。あーあ、「できるタイプ」としたことが、二度も同じ過《あやま》ちを繰り返すとは。ベージュのコートごと彼を持ち上げて倉庫へ向かう。彼の来店時に立て掛け直した本物のミイラ（というか前回、特等席まで案内し、私がノートにその喜びをじっくり記している間に干からびさせてしまった男）の隣に、今日干からびた彼を置く。まあでも、店員が一人だからこういうことになるのだ。それに、梅雨時には湿気で復活するんじゃなかろうか。できる私は、そのように睨《にら》んでいる。

膨《ふく》らむ頭たち

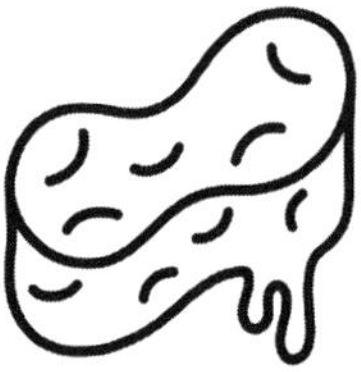

知恵熱で膨らんだ頭にそっと濡れたスポンジを載せると、ゆっくりと萎《しぼ》んでいく。今日は特に多い。相当、癖《くせ》の強い作品なのだろう。この名画座で「冷やし」のバイトをし始め半年、こんなに忙しいのは初めてだ。

七十年代のフランス映画の巨匠、グレゴワール作品を二本立て。うちはいわゆる一般受けしない、もっと言えばスノッブ御用達の映画を専門にかける名画座なので、あまりの難解ぶりに知恵熱で膨張した頭が後ろの客の視界を妨げないよう、列ごとの傾斜がかなり急だ。そのぶん、席数は他の名画座に比べて少ない。平日の昼だというのに、近所の文科系の学生やらシネフィルと呼ばれる年配の常連客で、ほぼ満員になる。

皆、それがマナーであるかのように足を組んで顎《あご》に手を当て、眉間《みけん》に皺《しわ》を寄せながらスクリーンを睨《にら》みつけていた。そして時折、考えすぎて知恵熱が出て頭が膨らむ。いくら傾斜があるとはいえ、膨らみすぎてしまえば迷惑だ。その時、私は急いですぐ近くに駆け寄って、頭を冷やしてあげるわけだ。時給千二百円。

お次はどこだと見渡せば、さっき冷やしてあげたばかりの大学生の頭がまた膨らんでいる。果たしてそんなに難解なシーンだろうか。ただスクリーンには、品の良い白髪の婦人が植え込みの薔薇《ばら》を愛《め》でている様子が映っているだけ。一体これがなんだというのか。さすが本当の映画好きは違う。

ここで働くまで、私も結構映画好きだと思っていた。週に一本は映画を観るし、『七人の侍』だって観たことある。でもここにいる人たちはレベルが違う。当然のように毎日映画を観ているし、『七人の侍』なら公開当時のパンフレットまで持っているし、「小津《おづ》は逆に観ない」らしい。そんな人たちが集まって、眉間に皺寄せて、画面を睨みつけ、頭をぐんぐん膨らませている。映画なのだから、もっと楽しめばいいのに。

そんなことを考えながら、足音を立てないように、そっと大学生の頭にスポンジを載せる。ふとその隣を見たら、彼女と思《おぼ》しき可愛らしい女子大生が、ぽうと陶然《とうぜん》とした顔で男子学生の膨らんだ頭を眺めている。なんだ、結局、そういうことか。なんてことないシーンから暗喩《あんゆ》、オマージュ、シンボル解釈、本当にあったのかどうかも怪しい「監督からの隠されたメッセージ」、これらを汲《く》み取れるだけ汲み取る、それを意中の女子に示したいがために、わざわざ知恵熱起こして頭を膨らませている。なんであなたの知的アピールのために、私がせかせか動かないといけないのだ。とはいえ、仕事は仕事だ。なるべくカップルの方を見ないようにしてスポンジを載っける。男子の頭は、しゅうしゅう音を立てながら徐々に小さくなっていった。

なんとなく、スクリーンを見遣《みや》る。

シーンは変わってもあいも変わらず、映像は淡々としていてひどく地味だ。手入れの行き届いた庭で、誰も乗っていない赤いブランコが揺れている。微《かす》かに、銃声のような音が時々、響く。意味深長《しんちょう》にもほどがある、というか意味深長でしかない。スクリーンがはち切れんばかりの暗喩を湛《たた》えている。それに伴い、観客席の頭もはち切れんばかりに膨らんでいく。こんなシネフィルたちの頭をモグラ叩きの要顎で冷やしていったら、とても時間が足りない。急げ。スポンジを濡らして、絞って、傾斜を降り、登り、載せて、冷やして、またスポンジを濡らして……もう脹《ふくら》脛《はぎ》が限界。客席の最後列の壁に背中を預け、呼吸を整える。

映画も佳境に差し掛かり、暫《しば》し凪《なぎ》の時間が訪れる。画面が切り替わる。先ほどの老婦人が自宅のキッチンで紅茶の葉を選び、白い陶器のポットからお湯を注ぐまでの恐ろしく退屈なシーンをこれでもかというほどしつこく、ワンカットで垂れ流す。それにしてもこの婦人、どうしてこんなに素敵な邸宅に住めているのだろうか。夫に先立たれたのか。親から相続したのか。フランスだとこれが普通だったりするのか。映画のタイトルはわからないが、少なくとも紅茶の葉っぱを選べる生活が羨ましい。退屈が私の思考をワンショットで繋《つな》いでいく。「冷やし」の資格、もっと別のところで活《い》かそうか。でも、前にやった塾での「冷やし」はやめよう。知恵熱で頭が膨張するまで勉強に集中する子供なんてそういない。なのに他の講師と一緒の給料だから、かえって居心地が悪かった。そういえば「冷やし」の資格試験会場の「冷やし」担当の求人がきていたっけ。でもあれは単なる派遣だし、かといって夫の扶養を外れて、「冷やし」の正規雇用の求人を見つけるほど働きたいかと言えば……。

気づけば、客席の頭が一斉に膨らみ出していた。隣り合った客の頭部が互いに押し合い、世にも愚かな知恵熱の相撲をとっている。気の毒だが、先ほどの大学生は早々に寄り切られた。後頭部だけが一気に膨らみ、先ほど冷やした大学生の顔面を殴打する者も現れる。膨らんだ頭同士、今にも溶け合い接合しそうな客もいる。何名かは知恵熱の浮力で徐々に浮き始めている。ああなっては冷やしても間に合わない。こんなことは初めてだ。

スクリーンでは老婦人が妙にすました笑顔で紅茶を飲んでいる、例のシーンが続いていた。だがその横に巨大な影が出現し、ゆらゆら蠢《うごめ》いていた。「なんだこれは」「自分の知っているバージョンとは違う」そう勘違いしたシネフィルたちが一気に興奮し、高い高い知恵熱を起こしてしまったようなのだ。

将来に懊悩《おうのう》し、うっかり膨らませてしまった私の頭が映写機をさえぎっただけとも知らずに。まったく、アホなんじゃないのか。あなたたち。それに、私も。この映画より、よっぽど面白い。そっと自分も頭にスポンジを載せ、しゅうしゅう音を立てながら、老婦人みたいに笑った。

私は万年筆になりたい

万年筆の先端に映る私の顔が、灯火管制の僅《わず》かな明かりで静かに揺らめいています。普段は無愛想と言われる私ではありますが、今宵は自分でも驚くほどに感情が高ぶっているようなのです。と、いきなり申し上げても、夏湖《なつこ》さんには何を言っているのと笑われてしまうでしょうね。今ようやく眠った歩《あゆむ》ちゃんだってキョトンとしてしまうに違いありません。

こうしてわざわざ一緒に暮らしている皆さん宛てに手紙を書くことを、改まる、というのでしょうか。一丁前に慣れたつもりでも、日本語はやっぱりややこしいですね。まったく月日の流れとは早いもので、私がこの唐崎《からさき》家へやって来てから十年が経過しようとしています。

やって来たばかりの頃のことは今でもはっきりと覚えています。それこそ右も左もわからぬ私に、唐崎先生は一通りの炊事や掃除、あるいはご近所さんへの挨拶の仕方や買い出しの方法と、ひとつひとつ丁寧に教えてくださいました。いいえ、それだけではありません。無知な私のために世の中の仕組みや、今の世界情勢について、時に一日に何時間も費やして授業をしてくださったのです。唐崎先生の口からこぼれる言葉のすべてが私には新鮮であり、ややこしい比喩ですが毎日が「はじめて海を見たかのよう」な、そんな驚きで満ち溢《あふ》れていました。「なぜ日本人ははっきり断らないのか」「神様は何を食べるのか」「なぜサバは出世しないのか」「もぐらはなぜ土の竜と書くのか。強いのか」「アインシュタインさんはなぜ舌を仕舞い忘れているのか」、こうした私の赤子同然の質問にも、嫌な顔ひとつせずに、唐崎先生は答えてくださいました。

先生が答えてくださらなかった質問もあります。例えばそれは、「今回の戦争はどちらが勝ちそうなのか」といったものです。こと世界史から今の世界情勢に関する話へ授業が脱線すると、私はつい先走って、そのようなことを尋ねてしまうのです。その都度、唐崎先生は丸メガネの奥で悲しそうに目を細めると、小さく「それは、誰にもわからない、と言わざるをえない、でしょうね」と、まるで直訳のような答え方をしました。唐崎先生なりに精一杯、誠実に回答してくれたのだと、今の私なら理解できます。

そうそう、唐崎先生が教えてくれなかったことは、もうひとつありました。それは夏湖さん、あなたに関することです。先生は自分がご結婚されることなど、ただの一言もお話しにならなかったのです。

「ええと、こちら、夏湖さん、です」

お出迎えした玄関先で、いつになくぎこちない口調で話す先生のお姿を見て、この綺麗《きれい》な女性が先生にとってどれほど大切な人であるかはすぐにわかりました。ちょうどこの頃、(唐崎先生が教えてくれる限りですが)世界情勢も物々しい雰囲気へと変わっていった過渡期ではありましたが、それでも夏湖さんがやってきた、あの瞬間だけは、世界はきっと、美しいものなのだと、確かにそう感じたのです。その時も私は大変に感情が高ぶっていたのですが、夏湖さんはお気づきでしたでしょうか。

話が少し脇道に逸《そ》れてしまいましたね。歩ちゃんの可愛らしい寝息が、そっと夜気へと吸い込まれていきます。ええと、どこまで書いたでしょうか。そう、夏湖さんがこの家に来たところです。

夏湖さんと暮らすようになり、今度は夏湖さんが私の先生になってくれました。まさか唐崎先生が教えてくれた家事は、夏湖さんからすれば「お遊戯」だったとは。例えば「本来、掃除は毎日するもの」と夏湖さんから教わった時は、「カタツムリにはオス・メスの区別がない」と唐崎先生に教わった時と同じくらい衝撃的でした。最近では私が歩ちゃんの先生です。まさかこんな日が来ようとは夢にも思いませんでした。歩ちゃんからすれば、今この国が置かれている状況なんかより、蟻《あり》さんがどうやって行列を作るのかの方が何千倍も重要です。私は唐崎先生から教えてもらった知識を総動員して、「これは蟻酸《ぎさん》というお汁がアリさんから出ていてね」と説明します。私が説明するたびに、歩ちゃんは先生そっくりの鼻を鳴らし、これまた夏湖さんそっくりの眼を輝かせながら感心するのです。その顔を見た瞬間、形容し難い感覚に全身を貫かれ、私は思わずその場でしゃがみ込んでしまいました。

十年。本当に色々なことを教わり、そして色々なことが変わっていきました。戦況が日ごと、悪化していることは唐崎先生に教えてもらわずとも、わかるようになりました。だって教えてくれる唐崎先生がそもそも、戦地へと赴いてしまったのですから。これまで聞いていた話では、大学教授である先生は、本来、駆り出されるなんてことは、ほぼないはずでした。でも、私が不満に思っても仕方ありません。唐崎先生がお留守の今、お勤めに出ている夏湖さんやお父さんがいなくて寂しい歩ちゃんのためにも、私が頑張らないといけないのですから。それなのに、最近ではふがいない日々が続いています。毎日の買い物だってそうです。商店の品揃《しなぞろ》えはどんどん少なくなるばかりで、必要なものを買い揃えようとすれば、同世代の子の情報を頼りに朝から晩まで歩き回らなければなりません。その分、他の家事がおろそかになり、気づけばお掃除は「お遊戯」だった頃に逆戻りしてしまいました。本当にごめんなさい。

最近では生活用品だけでなく、銃や戦闘機を製造するのに必要な金属がどんどん不足してきていると、噂《うわさ》で聞きました。街では、忠犬の銅像といった金属製のモニュメントが次々に撤去されては溶かされ、軍部用の金属物資にされているとのことです。

銅像だけなら、どんなによかったことでしょう。とうとう私たちにも、軍部は手を伸ばしはじめました。実際、ご近所に住み込みで働いていた私と同世代の子の姿が、一週間くらい前から見えなくなりました。情報も辿《たど》れません。私が失意の中、買い物から帰って来たある日、そのお屋敷の前に、軍用車両が停められていたことを強く記憶しております。

私に残された時間も、もう僅かなようです。本当は皆さんともっと一緒に暮らしたかった。夏湖さん、歩ちゃんと一緒に、唐崎先生のお帰りをこのお家《うち》で待ちたかった。歩ちゃんにカタツムリがどうやって卵を産むのか、海はどんなに広いのか、はたまた私が自律型家庭用ヒューマノイドとして生を享《う》け、唐崎先生のお宅で目覚め、そして今日までどれほど幸せであったか、言葉を尽くして教えてあげたかった。

でもそれはきっと叶《かな》わぬわがままでしょう。わがままついでに、言わせてください。私は連れて行かれ、溶かされてしまっても、銃や戦闘機に姿を変えて皆さんの生活を脅《おびや》かしたくありません。もし生まれ変われるなら、私が今こうしているように、誰かがいつか大切な人たちに感謝の気持ちを伝える、そんな万年筆になりたい、それが私の、最後の願いです。

百番

はじめに思ったのは、何で私のような七十近い老齢の小説家に、ということだ。ここ十五年ほど新作も発表しておらず、世間ではすっかり忘れられている。だいたい小学校校歌の歌詞の依頼ならば、作詞家に頼むことが普通ではないのか。ましてや「創立百周年なので、百番まである校歌を」だなんて。

男は突然、私の家にやってきた。

「こういう者です」

差し出された名刺には、老眼にはちと判読しづらい、いかにもお役所めいた漢字の肩書きが並ぶ。行政広報部云々《うんぬん》、児童福祉事業課云々。

「ようは小学校、中学校の教育部門以外の諸々《もろもろ》の企画運営立案を担当している者です」

井出《いで》と名乗った男は、慣れた口ぶりでそう付け加えた。三十代かあるいはもっと若いか。着膨《きぶく》れた背広が息苦しそうだ。丸顔にやや薄い七三分けが似合いすぎている。小間使い、余りにも小間使いである。

「来年、開米《かいまい》小学校が創立百周年を迎えます。そこで新たに校歌を作るプロジェクトが発足しまして、是非とも実相寺《じっそうじ》先生の力をお借りできればと思っております。何せ、実相寺先生は開米小学校出身ですよね？　これ以上の適任はいませんよ。『切腹探偵《せっぷくたんてい》カゲバラ』の作者が書いてくれるとなれば、今の子供たちもきっと喜んでくれますよ。多分。知っていれば」

『切腹探偵カゲバラ』、もはや懐かしい響きである。

孤高の純文学作家を気取るには才能が足りず、三十過ぎて食うに困り、捨て鉢に出版社に持ち込んだ児童向け小説シリーズだ。これが存外にヒットし二十作以上続くロングセラーとなった。私の唯一の代表作といってよい。探偵が推理を間違えたら切腹するという阿呆《あほう》な設定であり、そのまま阿呆な男子にウケた。

そもそも捨て鉢に始まったシリーズだ。当然、トリックを考えるのは苦痛である。

なんとか絞り出せたところで、「犯人は双子とは言っていません。本当は三つ子でした」などのトリックというか屁理屈《へりくつ》ばかりであった。

　だが、小学生からすれば、ド派手な切腹シーンがあれば良かったらしく、担当もトリックの質に関しては何も言わない。

　それが、辛《つら》かった。書きながら、だんだんと心は摩耗してくる。そしてある日、小学生からのファンレターで、推理の詰めの甘さ（確か『侵入犯は背広を着ていたので守衛に怪しまれなかった、という理屈は乱暴だ』だったか）を指摘されたところで、心が折れて、ついでに筆も折れた。

　以降は地元にこの一軒家を購入し、独り身のまま隠居生活を開始。当初こそ、未練がましく筆名を変えて純文学系新人賞に応募してみたが、まるで駄目。貯金を取り崩しながら、たまに舞い込む講演会やらカルチャーセンター講師の依頼で糊口《ここう》を凌《しの》いできた。執筆依頼など、本当に久しぶりだ。それが、校歌の歌詞だとは。

「校歌というと、あの近所の山やら川やらをやたら讃《たた》える、例の？」

「そうです。その校歌です。先生、ご自身も歌われた校歌、覚えていらっしゃいますか？」

言われてみれば、六年間も通っていたのに何一つ覚えていない。井出は「そうでしょう」と言わんばかりの笑《え》みを浮かべながら、「開米小学校　校歌」の一番が書かれた紙をよこす。

一番
虻川《あぶかわ》の清き流れを背に受けて
友と見上げし早田山《はやたやま》
実る稲穂と頭《こうべ》たれ
大いに学べ　子供たち
僕らの学校　開米小学校

「記憶に薄いですね。こんな感じだった気もしますし、違うといえば違うような」

と正直な感想を言えば、

「そこなんですよ。全く校歌というものは、周囲の自然物を適当に児童の成長に重ね合わせて茶を濁す、文芸の風上にも置けぬものでありまして。虻川というのはそこを流れていた川、というか、今は単なる汚い水路です。それに早田山は国道整備で抉《えぐ》られて、見る影もないですよ。無い山に無い川を歌わされている子供らが不憫《ふびん》ではありませんか」

そこまで校歌を罵《ののし》ったつもりはないが、井出が言いたいことはわかる。

私が高学年になる頃には、大規模な宅地開発が行われ、田畑はどんどん減っていった。本来なら校歌も時代に合わせ刷新されるべきであろう。

なにより私を頼ってわざわざ訪ねてきてくれたのだ。無論、やぶさかではない。今ほど提示された報酬額だって悪くないものだ。既に心は承諾の方向で傾きかけていた。

「そこで、どうでしょうか。百周年記念ということですから、いっそ景気良く、百番まである校歌を作るというのは」

「あん?」面食らい、思わず乗り出した。

「はい。百番です。『切腹探偵カゲバラ』を二十作も書かれた先生からしたら易《やさ》しい仕事かもしれませんが」

「ちょっと待ってくださいよ。なんですか、百番まである校歌って。そんなの聞いたことないですよ」

「まさに！　そう言っていただけて光栄です。一生懸命考えた甲斐《かい》がありました。ね、ね、これ、面白いですよね！」

「いや、そういう意味ではないです。無茶無謀という意味で『聞いたことない』と言ったのです」

「その通り。普通なら無茶な話です。だからこそ、実相寺先生にご依頼にあがった次第なのです」

小賢《こざか》。悔しくも、嬉しい。

だが、ベテラン作家としてここは冷静に応じなくてはならない。

「なるほど、それは常人には無茶でも私なら出来るという意味ですか、はたまた無茶なことを頼めるような人間が、私だけだったという意味ですか」

「何をおっしゃいますか。そりゃあ、先生、両方ですよ。先生はカゲバラのような大胆な設定を思いつく鬼才であり、なおかつ現在は余白が多い日々を送っていらっしゃる。適任。最適任です。さて、締め切りなのですが……」

誰の日々が余白だ。勝手に話を進めるんじゃない。そう反駁《はんばく》する前に、井出とくれば「実は明後日《あさって》がデッドでして」とぬかしやがった。馬鹿な。

「冗談でしょう。え、明後日までに小学校の校歌を百番まで作れ、そう言っているのですか。あんた、私が暇だから頼んだと言ったばかりではないか。なぜもっと早くに来ないのですか」

「これがどうにも準備に手間取ってしまいまして。いやはや申し訳ないです。あれですよね。さすがの実相寺先生でも難しいでしょうか」

小癪《こしゃく》。今度はこちらの自尊心を弄《もてあそ》ぶつもりか。だが、ここもベテラン作家らしく泰然と交渉しなくてはならない。「侃侃《かんかん》」「諤諤《がくがく》」なんとか明後日ではなく「三日後の朝」提出で落ち着いた。

落ち着いたところで、してやられた。

気づけば、無茶無謀の「百番まである校歌」の歌詞作りを引き受けているではないか。さらにその締め切りすら三日後。何がベテランの冷静な判断だ。

「時間がありませんので、先生はホテルの部屋で歌詞執筆に全力を注いでもらわねばなりません。送迎のタクシーが玄関にあります。部屋のご用意も出来ております。ご安心ください。超有名ホテルの、それも、最上階のお部屋ですよ」

促されるがまま、流されるまま、タクシーでホテルの部屋に連れて行かれると、井出は「何かありましたら名刺に書いてある連絡先まで！」と言い残し、慌《あわ》ただしく去っていった。

言いたいことは山ほどある。

山ほどあると、何も言いたくない。

半ば拉致に近い形で押し込められたホテルの部屋。窓際の椅子に座り、肺をしぼりあげる。目を瞑《つむ》る。引き受けてしまった以上、やるしかないのだ。それにしてもキャリア初の、いわゆる〃缶詰め〃が校歌作りだとは。目線は窓の外に広がる風景へと移り、苦笑。

　ここは本当に政令指定都市だろうか。はるか先で山稜《さんりょう》が波打ち、その谷間に消失点を置いた国道がまっすぐ足元を通過していく。その脇に櫛比《しっぴ》するチェーン店の数々。釜揚げうどん、大型看板を持て余すスキーショップ、中古車販売店。国道から少し離れれば僅《わず》かに田園が残っている。そこに斎場、介護福祉施設などが唐突に聳《そび》えている。視界の中央をコンクリで固められた川がまっすぐ横切り、送電線の鉄塔が肩を組んで連なり、遠くなる。私が生まれ育った区画も、とうに幹線道路に接収されている。確か、あのあたりだ。田んぼの用水路で泥鰌《どじょう》やら何処《どこ》からか逃げた緋鯉《ひごい》を釣ったり、桑《くわ》の実を食べては口周りを真っ黒に染めたり、猫と格闘しては隣に住んでいたお姉さんに叱られたり、極めて牧歌的な少年時代を謳歌《おうか》していた。今、当時の面影はまるで残されていない。さて、どうしたものか。

「まあ、そこをなんとか頑張ってください」

「勝手に人の心を読むな。さっき、いかにも多忙といった感じで立ち去ったじゃないか」

「一点、申し忘れておりまして。校歌の形式、フォーマットです」

フォーマット。確かにいきなり校歌の歌詞を書けと言われて途方に暮れていた。多少の型があるのなら助かる。

「もちろん、これまでにない校歌を目指しておりますので、最後に『開米小学校』とあれば基本なんでも大丈夫です。一番ごとの長さは自由。音楽は伴奏でなんとでもなりますので。ジャズの精神です。ジャズ校歌。盛り込んでいただく内容も、例えばまさに眼下に広がる景色ですとか、先生にお任せします。実相寺先生の最後の作品、今の子供にしっかり残しましょう。では、本当に失礼します」

今度こそ、井出は去った。「あいつ勝手に遺作にしたな」という怒りが少しだけ去来する。奴が残した現在の歌詞を今一度見る。

「虻川の清き流れを背に受けて　友と見上げし早田山……」これを今、目の前の風景に落とし込んでみようか。腰掛け、ペンを握る。握ったからには、書く。

一番

釜揚げの伸びゆくうどんの麺のよに

かけ一杯で居座る客のよに
粘り強く　諦めない
僕らの学校　開米小学校

「釜揚げ」から始まる校歌があってたまるか。

余りにも急激な状況の変化に精神が摩耗している。締め切りは三日後なのだ。今日のところは休む。


一日目。

掃除機の音で目を覚ます。

「朝食をお持ちしました」

運ばれてきた中華粥《がゆ》をゆっくり味わいたいところであるが、どうしても言わなくてはならない。

「なんでお前が掃除し、お前が朝食を運んでくるのだ。井出」

「それも私の仕事ですから。あ。早速、書き進めてくださってますね。『釜揚げの伸びゆくうどんの麺のよに』……これです。私が望んだのはまさにこの方向性です。どうぞこのまま書き進めてください。では明日また伺います」

今しがたの井出の言葉を反芻《はんすう》する。悔しいが、嬉しい。デビューしたての頃を思い出す。慣れぬ探偵小説を面白いと言ってくれた小学生の手紙を。幾つになっても褒《ほ》められたら嬉しいものだ。この惰性があるうちに書かねば。二番「雄々《おお》しい看板スキーショップ……」、三番「朝日に輝く精米所……」、四番「いずれは向かわん葬儀場……」、五番「潰れぬ不屈の婦人服店……」、窓の外、視界の全てを校歌に落とし込んでいく。

目ぼしい建物、店舗がなくなれば、送電線、団地外壁のひび割れ、トタン屋根の錆《さ》び、これらを点描していく（思わぬところで、純文学志向の観察眼が役に立った）。いつの間にか校歌は五十番、つまりは半分が完成してしまった。一仕事終えた時の、得難い高揚感が徐々に紫が滲《にじ》みだした夕景に投射され、浮遊する。浮遊しながら、どうしても認めざるを得ない事実にぶつかる。

「ほら、もうネタ切れだ。何一つ、書けるものがない」

二日目。

突っ伏して寝ていたのか。机の縁《へり》に圧迫された肋骨《ろっこつ》が軋《きし》むように痛む。

顔を上げると、丸顔がニコニコしながら立っている。

「おはようございます。あれ、なんでそんな嫌な顔するんですか。さては窓から見える景色を全て使い尽くしたのでしょう？　ご安心ください。実は会ってもらいたい方々がいるんです。どうぞ」

ぞろりぞろり、見知らぬ人間が入ってきた。部屋はあっという間に満杯である。

「この方々はですね、地元商店街の方々です。どうにも最近、大型ショッピングモールのせいで客足が遠のいているんですよ」

はあ、どうも。互いにへどもどする。全国的にそのような現象が起きていることは知っている。でも、だからどうしたというのか。

「そこで、是非とも校歌のなかに商店街のお店も盛り込んでいただいて、地域活性化に貢献してはもらえないか、と」

なるほど。言いたいことはわかるが、

「つまり校歌の体裁で広告CMを作れと?」

「まあまあ、地域活性化への貢献です」

腑《ふ》に落ちぬ。が、ネタ切れしていたことは事実。田圃《たんぼ》の用水路まで「漲《みなぎ》る血潮《ちしお》のごとく」などと歌詞にしてしまった。話だけでも聞いてみるべきか。

最初に紹介されたのは、駅前でうどん店を経営している男であった。

「どうにもチェーン店に客足を取られまして、ここ最近じゃ材料費も高くて」

気の毒なことだが、そのチェーン店を、私は初《しょ》っ端《ぱな》で褒め称《たた》えてしまった。

「近くで学習塾を経営しておるのですが、是非とも塾名を歌詞に入れてください。個別指導で、有名私立小学校への編入も可能であることもお願いします」

校歌で学習塾の勧誘、私立編入を促していいのか。まあ書く。

「個人タクシーの運転手をしております。私の電話番号を歌詞に書いてもらえますかね。何回か繰り返していただけるとより嬉しいです」

いいのか。小学生に電話番号を公開して。とんでもない量のいたずら電話が来るのでは。

「ここで豚汁《とんじる》がもらえると聞いたのですが」

なぜ炊き出しと勘違いしている。帰ってくれ。

「にゃあ」

猫。可愛い。でも帰りなさい。

次は誰だ。猫を抱えた老婆だ。

「猫たちが暮らす世界と汚穢《おわい》に満ちた人間界を隔てている門の番人をしているのですが」

もうわからん。井出、お引き取りいただいてくれ。


途中から商店街となんら関係がなかったが、いずれにせよ、地元民の息遣いを校歌に落とし込むことは案外、意義のあることかもしれない。「炊き出しを求める人」がいたことも記録として校歌に残しておこう。律儀に、今しがたヒアリングした全ての声を歌詞に落とし込み「八十番　猫界と人間界の架け橋　開米小学校」と書いた頃には、意識と夜が同時に白みだす。

三日目。

「ここまで先生は、現在の視点から校歌を紡いでくださいました。それこそ個人タクシーの電話番号まで隈《くま》なく。それらが今後、なくなるとも限りません。というか、なくなります。ここから先なのですが、どうでしょうか。現在ではなく、未来を歌詞にするというのは」


朝の挨拶も抜きに、いきなり本題である。

だが恐ろしいことに、私はもう慣れていた。


「未来予想を歌詞にするとは?」

「空想の話で結構ということです。ここから先、小学校の周囲、ひいては、この町がこんなふうになったら良いなという想いを校歌の歌詞にしては」

「無い川、無い山を歌う子供が可哀想だと言っていたのは、あんただろう?」

「失われたものを歌うのが可哀想なのであって、未来を歌うのは希望ですよ。それに、校歌で書かれているのに、現実に存在しないのは不思議ですよね。するとどうでしょう。その疑問が市民の声となって、校歌で書かれたことが現実に近づくかもしれません。そうなったらこれは校歌の名を借りた、『創世記《そうせいき》』ですよ」
「あんたは何を言っているんだ」
「さあ。でもこれだけは言えます。この校歌は紛《まぎ》れもなく、実相寺先生の代表作になる、と」

井出が置いていった朝食の粥を啜《すす》る。何を偉そうに。まるで代表作が未だにないような言い方をしやがって。だが、既に私はペンを握っている。希望。この町への希望。それはきっと、私の死後もなお灯《とも》り続けるのが良い。果たして私は、この町に、生まれ故郷に、何を望んでいる。

八十一番
待ち時間のない薬局に
待ち時間のない市営バス
遠回りだから歩道橋増やせ
歩けよ　子供たち

違う気がする。本音ではあるが、果たしてこれは「希望」か。

単なる爺《じじい》の愚痴ではないのか。迷うな。まずは書け。書いてから、悩め。

八十二番「最寄りのポストが遠すぎる　二メートルごとに設置しろ　それか郵便局員が取りに来い」……八十五番「握りしめた血染めの葉書　速達飛翔の伝書竜闇の郵政黙示録」……九十一番「革命軍側に寝返った紅血の郵便兵たちは〒なる聖印を互いの背に彫る一方、帝国軍は蒼穹《そら》よりぶら下がった銀鱗の巨大舌《リバイアサン》に極めて塩気の強い漆黒の切手を押し付けていた」……九十四番「旬をとじこめた椀《わん》ものは板前の腕の見せどころ　京料理の真髄がそこにあるのです」……九十六番「昔は農家で鶏《にわとり》も放し飼いだったたし、それこそ近所の池でドジョウも釣ったし、罠《わな》を仕掛ければ鰻《うなぎ》だって獲《と》れたものだ。こっそり親の七輪なんか持ち出して土手で焼いて食うわけなのだが、匂いにつられて猫が集まってくるものだから、近所のガキと猫が必死になって鰻を奪い合った。決まって止めに来るのが隣に住んでいた祥子《しようこ》さんだ。五つほど年長で英語が堪能だったのをよく覚えている。今もお元気だといいが。

待てよ。そういや昨日来た猫の婆さん、どことなく祥子さんと雰囲気が似ていたような気もするが、まさか」

いつの間にか校歌から道を外れ、迂回《うかい》するだけ迂回して、最終的には単なる回想録になってしまった。子供らに残すべき「希望」が、老いぼれた感傷にすげ替わったのだろうか。構うものか。そんなことより、久方ぶりに筆が走る喜びを思い出して来ているのだ。まずは書け。九十七、九十八、九十九……

残すところ百番のみとなったところで、名刺に書いてあった井出の連絡先に電話をかける。ワンコールで、奴が出た。

「さては完成ですね？」
「いや、最後の百番に取り掛かるところだ」
少しだけ息を吸い、ずっと気になっていたことを訊《き》いた。
「ところで井出、あんた、本当は何者なのだ？」

果たして、井出はやってきた。

別段、悪びれる様子は微塵《みじん》もない。

実際、悪いのかどうか私も判然としない。

そもそも落度は私にもある。

例えば奴からもらった名刺。井出の地味な出《い》で立ちと長ったらしい肩書きから早々に「お役所の者」と決めつけていたが、よく読めば奴の明確な所属はどこにも書かれていない。

「お前は何者なんだ。私を騙《だま》すつもりだったのか」

「先生、騙してはいませんよ。私は一度だって、先生に嘘《うそ》をつきましたか？　ちゃんと名刺も渡しています。ちゃんと超有名ホテルの最上階の部屋をご用意しました」

井出の顔には、ともすれば自信すら窺《うかが》える。

「確かにここは有名だ。でも、格安で超有名なビジネスホテルだ。最上階といっても五階だし。なんというか、この詐欺まがいの言い逃れ方、これじゃあまるで」

「まるで、『切腹探偵カゲバラ』の犯人みたいですよね？」

そう。そうなのだ。『切腹探偵カゲバラ』は、「痛くもない腹を探らない」ことがルールだった。だから犯人の言い分に、カゲバラはよく騙され、手近な刃物で腹を切った。

「確かに私は役所の人間ではありません。強いて言えば、あなたのファンです。復活を熱望する大ファンです。格好良く言えば出版エージェントです。まあ普段はこのビジネスホテルの夜勤スタッフですがね」

ため息が出る。そういうことかよ。

確かに食事と清掃をしてくれていたが、それは献身ではなく業務だったというのか。何が「それも私の仕事ですから」だ。格好つけた言い方しやがって。

「じゃあ、この百周年校歌のプロジェクトはどっちだ？　これは嘘か？」

「先生、だから私は嘘を申し上げません。ホテル勤めをしておりますと色々な話を耳にします。創立百周年で新たな校歌を作るプロジェクトはあります。そうでないと、昨日の商店街の人たちをここに連れてくる時の口実がなくなりますからね。ただコンペ形式で、最初に提示したギャラは成功報酬のようです。とはいえ、そんなことは瑣末《さまつ》なこと。私はまず、先生に筆を握ってもらうのが目的でしたから」

丸顔がさらに丸くなり、今にも首から転げおちそうだ。

暑くなったのか、背広を脱ぎ捨てる。下にはサービススタッフの制服らしい半袖のジャージ。これが普段の井出の姿なのだろう。


「もう十五年以上、先生はまともに作品を発表されていない。たまの講演会じゃ、独りよがりで意味不明な文学理論をベラベラと。あなたが書いたのは『罪と罰』じゃないんです。『切腹探偵カゲバラ』なんです。まるでそれなどなかったかのように。それが、私には悲しいのです。今の先生に『カゲバラ』の新作どころか、他の作品を期待するのは無駄でしょう。そんな時にたまたま廊下で耳にしたのが校歌コンペの話。校歌ならブランクがあっても、書くことが決まっています。それに強制的に、子供らの目線、童心と向き合うことになる。結果、どうでした?」

結果として私は、書いた。

耳が赤くなるほど、こいつの目論見《もくろみ》通りに。

風景をつぶさに観察し、描写を重ねた。それでいて現代に生きる子供らへの想い、あるいは私の幼少期の記憶、それぞれに筆先は周遊した。書くに連れ、頭の奥で牛脂が融《と》けるような喜びが広がっていった。

その点で、井出には感謝している。少なくとも文章と久しぶりに向き合うことができたのだから。だが折れた心はなかなか戻らない。何せ私は、小学生にトリックの未熟さを指摘されるようなど素人《しろうと》なのだ。この事実がある限り、私はもう児童文学には向き合えない。

「私が小学校六年生の頃、先生に一度だけファンレターを差し上げました。少しでも『カゲバラ』執筆のお力になればと。確か『背広なら守衛に怪しまれないという理屈はおかしい』というものでした。ところが先生は、なぜかそれ以降ぱたりと書くのをやめてしまいました。それからずっと私は待っているのに」

今、なんと言った。

「あれ、お前の手紙だったのか?」

「ええ。覚えていてくださったのですね。ただし、あれは謝らなくてはいけませんね。ご覧の通り、先生の部屋に向かうたびに、私は一階の待機室でジャージから背広に着替えてフロント前を通るのですが、守衛どころか同僚すら私だと気づきませんでした。あのトリックは、その、合っていたようです」

感情がまるで追いつかない。筆を折った原因がこいつであることが今ほど判明したが、その原因も今まさに解消された。別にトリックが合っていたかどうかは重要でない。否定された過去の私が、急にひっくり返って肯定されたのだ。過去の肯定は現在の肯定だ。この十五年は何だったのか。

「先生、どうされました?」

「いや、別に」

私はこれからどうしようか。もう筆は握ってしまった。ならば、書こう。『カゲバラ』の新作でも、なんでも。ただし校歌の百番がまだだ。プロなら締め切りは守る。どうせなら、この校歌が生まれる経緯を全て子供らに伝えて終えよう。

大いに学べ　子供たち　僕らの学校　開米小学校

コーポ六本木《ろっぽんぎ》ヒルズ

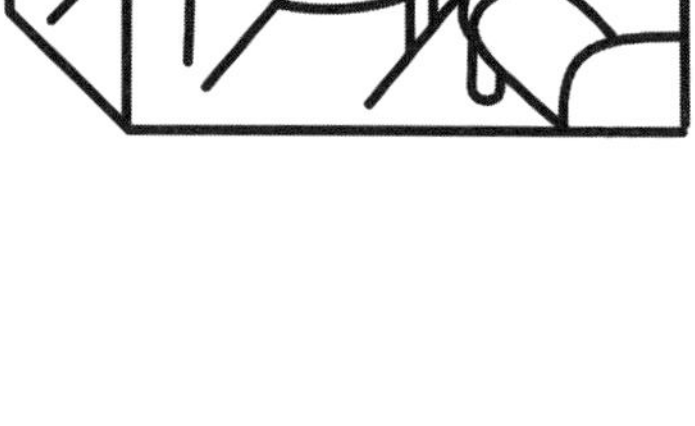

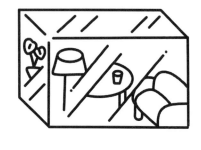

ナツキはひだまりの中にいた。

燦々《さんさん》と陽光が差し込むリビングの壁は全面ガラス張り。柱を挟んだダイニングの壁も同じくガラス張り。壁だけではない。ナツキが父と暮らす六本木ヒルズの部屋は、天井だって壁と接する内側三十センチほどは断熱仕様の曇りガラスだ。

瞼《まぶた》の裏がうっすら翳《かげ》り始め、橙《だいだい》に染まっていく。もう夕方らしい。無垢《むく》材を模した柔らかなクッションフロアに放り出された宿題のノートは罫線すらだらしなく伸びている。ガラスの箱に夕暮れが溜《た》まっていく、そんな感じ。その時、ナツキはなんだか自分が間違えた場所にいるように思え、居心地が悪くなる。

きっとそれはさっきから外廊下から漏れ聞こえている父とお隣さんとの会話のせい、かもしれない。

「どうですか。ナスダックは」

ほら、また始まった。ナツキは体の向きを変え、耳を塞ぐ。でも、どんなに塞いでもその声は頭に入ってきてしまう。

「ナスダックですか。ええ、まあ。そうですね、終値《おわりね》がなんだかんだ八つ星で」

「終値が八つ星、ですか」

「ええ。星が七つか、八つか。最後は星が足りなくなって、ミシュラン氏も大慌てでしたよ」

「はあ、それはまた。今度、一緒にどうです？　ナスダック」

「お、いいですね。是非」

耳が、頬が、赤く染まる。それは決して夕焼けのせいではない。本当に、恥ずかしくて聞いていられない。いくらナツキが小学生でも、ナスダックが「今度、一緒にどうです？」と誘うようなものでないことくらい、知っている。

「ただい、ま」

だが、ナツキは返事をしない。

真っ黒の服に身を包んだ父はそんなナツキを叱ることもせず、黙って冷蔵庫を開け、一通り中を見渡しながら、

「パパまた夜に出なくちゃなんだよ」と呟《つぶや》く。冷蔵庫の振動がガラス壁からテー

ブルに伝わり、横たわる沈黙を埋める。

母の病気を機にナツキの家族は六本木ヒルズに越してきた。三年前に母が亡くなってからはずっと父娘《おやこ》二人で暮らしている。

「ねえ、やめてよ、そういうの」

丸皿を探す父の背中をめがけ、ナツキは呟いた。

「ん？　やめるって、何を」

「何をって、普通に、全部」

「普通に全部と言われてもなあ」

いや、だから、全部。今のお父さんの全部、やめて欲しい。

ナツキの中で父を不快に思う感情は日毎《ひごと》に強くなってきている。それは反抗期のラベルで簡単に片付けられるものではない。ナツキはここに越してくる前の父を思い出して、悲しくなる。カップ焼きそばに目玉焼きを乗っけてウキウキしたり、ゲームにこっそり課金して母に叱られたりしていた、父の記憶。

でも、今のお父さんは、最悪。というか、惨《みじ》め。ううん。お父さんだけじゃなくて、このヒルズに住んでいる人たち、全員が惨め。

「なんで毎回、お隣さんと会話するの？」

「お隣さんなんだから世間話くらいはするだろう？」

「じゃあもっと普通の話をしたら？　天気の話とか。みんなしてお金持ちごっこしてさ、バカみたい！　本当のお金持ちっていきなり『どうですか。ナスダックは』とか聞かないでしょ？　あとミシュランの星って足りなくなるとかあるの？　あとさ、ちょっと出かけるたびに新しいスーツに着替えるのやめてよ！　洗濯が間に合わないし、お父さんが今着ているそれ、喪服だよね？」

ナツキからしても、いつか爆発することはわかっていた怒りだ。冷静に俯瞰《ふかん》したところで、堰《せき》を切ってしまったら、もう、止めようがない。シャツ一枚になった父は、急に激昂《げっこう》した娘に戸惑いつつも答える。

「でも、でもね、なっちゃん、お父さんもお母さんも、お隣さんも、頑張って、ようやくこのヒルズに住めるようになったんだよ。ヒルズ族はヒルズ族らしくしなくちゃ。お母さんだって、ここに越せてすごく喜んでいたの覚えているよね？」

「覚えているけれど、じゃあこれからもずっと無理するの？　お金持ちごっこの何が楽しいの？　この間だって、お隣さんがフードコートで給茶機からお茶を水筒に汲《く》んでるの見たよ！　ヒルズ族でいることがそんなに大事なの？」

ナツキが言い終わると、父は何か言いかけて、つぐむ。冷蔵庫の振動音がガラス張りの沈黙を増幅する。

ナツキはわかっている。今の自分は明らかに言い過ぎで、越えてはいけないラインを何本も越えてしまっていることを。本当は知っていた。ナツキの父や母にとって六本木ヒルズという場所がどれだけ特別だったのかを。


ナツキが生まれるずっと前。「六本木ヒルズ」と呼ばれた場所には二百メートル超の高層ビルが聳《そび》えており、長年にわたり成功者の象徴だった。したがって老朽化で解体が決まった際には、ジェンガのようにテナントごとに細かく切り売りするという異例の販売方法が採用された。

今では東京だけで九十もの「六本木ヒルズ」を冠するアパートが存在している。ナツキが暮らす、江東区の「コーポ六本木ヒルズ81棟」も、元々は洋楽志向のラジオ局が入っていたテナントで、それをさらに小さく切り分け、集合住宅へと改装したものだ。直射日光は容赦《ようしゃ》なく、夏は暑くて冬は寒い。スズメが激突してガラスは傷だらけで、濡《ぬ》れた落ち葉がなかなか剝《は》がれない。なのに家賃は同じ間取りのアパートに比べれば高い。だがそれがむしろ、ヒルズ族という幻想を強固にしてくれていた。

「なんていうか、無理してるお父さん見ていると、恥ずかしい、それだけ!」

ナツキが言い終わる前にもう、父は寝息を立てていた。冷凍チャーハンに今にも顔からダイブしそうだ。毎日、解体の現場で忙しい父であるが、ここ最近じゃ現場から帰宅して再び別現場に応援で駆けつけることも増えている。

無理をして、もしものことがあったら、どうするのか。お父さんまでいなくなったら、このガラス張りの部屋で、ひとりぼっちになってしまう。無理しないで、もっと安くて良いところに住めばいいのに。わかんないけど、お父さんが以前、解体に携《たずさ》わった麻布台《あざぶだい》ヒルズとか、虎ノ門《とらのもん》ヒルズとか。

あと、今まさに解体されて切り売り中の、東京がまだ首都だった頃の都庁とか、すごく安いと思う。

燻《いぶ》された夜に

「あの夜を、燻製《くんせい》にしたかった」

古谷《ふるや》さんの供述は少しばかりバズり、やがてタイムラインの底へすうと沈んでいった。

ウェブメディアやワイドショーで、

「ただ目立ちたかっただけ」

「こうしてトピックとして取り上げること自体が思惑通り」

など、俯瞰《ふかん》こそ至高の知的態度と信じて疑わない人々に揶揄《やゆ》されていたけど、僕は本当のことを知っているつもりだ。あの人はずっと「文字通り」なんだ。とにかく、本気だったのだ。あんまりにも下らない、どうしようもない、あの夜を、僕らはそれでも燻したかったのだ。

古谷さんは年上だけど留年《ダブ》っているから僕らと同じ二年生だ。昼休み、普段からほとんど人の来ない東棟四階のトイレに、僕と石見《いわみ》と古谷さんとで、なんとなくいた。

煙草《たばこ》を吸うでもなし、便器を破壊するでもなしに、ただぼうと鍵の錆《さ》びた窓から誰も入れない中庭を見下ろし、たまに飛んできたトンボを「ようこそいらっしゃいました」と褒《ほ》め称《たた》えもてなしたりして過ごした。

僕たちは、不良じゃない。

そもそもこの時代にもう不良、ヤンキーはいなかった。だからこそ、時間を持て余す。「人がいない場合でも水が流れる場合があります」と独りごちる小便器の方がはるかに忙しそうだ。

古谷さんは、トイレの壁にもたれ、両手を交差させた状態で深く脇に挟み込みながら、誰かが、つまりは僕と石見のどちらかが、

「あれ、『トレインスポッティング』ですか?」と訊《き》くのを待っていた。石見はまとめサイトの「知らなかった方が幸せだった雑学」をスクロールしたり、誤ってバナー広告をタップして舌打ちしたりしている。

誰も相手にしてくれないとみた古谷さんは結局、脇から手を離し、ほんの一瞬だけ指先をすんと嗅ぐと唐突に、

「キャンプ行こうぜ」と言った。

「いつですか?」

僕がすかさず訊くと、古谷さんは息を吸い込み、

「キョウ!」と鳴いた。


僕らは不良じゃない。ラム酒が入ったチョコも食べないし、昼休みに学校前のコンビニで買ったカップ焼きそばを湯切りしながら校舎に戻るような狼藉《ろうぜき》もはたらかない。

そんな僕らがバイクの免許を持っているはずがない。きちんと両親に連絡した後、石見の兄さんのライトバンで名前の知らない「最寄りの山」まで送ってもらった。標高百五十メートル。定義こそ知らないが下手すれば山というよりか大きめの丘なのではないのか。

「この山な、桜とか松とか杉とか全て漢字で書ける木しか生えていない、だから安

全なんだよ」

古谷さんの言っていることは常によくわからない。だいたい、彼がいま撫《な》でているのはケヤキだ。

「設備も何もないけど、ホント大丈夫?」

石見の兄さんは随分と心配そうだったが、それは僕らも同じで、ただ古谷さんだけはずっと大はしゃぎである。

「焚《た》き火して、マシュマロ焼いて、そんでこのギター弾くんすよ」

楽しそうに、鞄《かばん》からウクレレを取り出す。

「だから古谷さんに任せるの嫌だったんですよ!」

やがてとっぷり日が落ちて、僕と石見は泣きそうになりながら、古谷のバカ野郎に詰め寄っていた。

「落ち着け、まずは深呼吸だ。お前ら『スタンド・バイ・ミー』を観てねえな? だからだよ。いいか? 野郎同士のキャンプにテントは不要。一晩中、火を囲んで、語らうんだよ。将来の夢のこととか、最近美味《おい》しかったグミとかの話をさ、はい、せえの、スタンドバイ！

「バカだ！　古谷さんはやっぱりバカだ！　だから留年するんだ！　今のスタンドバイの使い方も絶対間違えてる！」

石見がウクレレを奪い古谷さんに飛びかかろうとするのを、慌てて制止した。

「落ち着けよ。古谷さんを信じた僕らもアホだったんだ、そうですよね？」

古谷さんは暫《しばら》く考えた末に「ぢゅう」と鮮魚コーナーで活《い》けサザエを突いたときのような声で頷《うなず》く。多分、罵倒《ばとう》されたことに気づいていないのだろう。しかし僕だってテントもなく、食料がいちごマシュマロだけというのは余りにも心もとなかった。初夏とはいえ半袖で過ごすことを、夜は許してくれないだろう。

何か防寒になりそうなものを探せば、なぜかロケット花火だけはたくさんあった。持ってきたのは、もちろん古谷さんだ。

「ほら、そんなことより腹減っただろ？」

古谷さんは僕らの空腹を認めるや否や、テキパキと焚き火の準備を進め、あっという間にその場を簡易『スタンド・バイ・ミー』にしてしまった。手際が良いことに逆に腹が立った。もちろん、劇中で彼らが吸っていたような煙草はない。今ここにあるのはいちごマシュマロだけだ。

「これ、これに刺せよ」

古谷さんは嬉々《きき》として僕らに「良い感じの棒きれ」を渡し、自ら率先してマシュマロに刺し、中より飛び出した真っ赤なイチゴジェルに「わあ！」と驚いていた。その姿を見ていると、なぜだろうか、涙が出てくる。いや、これは間違いなく煙のせいだ。

「知ってます？　この赤い色素って虫から取るんですよ」

石見が無粋《ぶすい》なことを言う。普段よりコアラの睡眠時間くらいまとめサイトを見ているだけのことはある。

「そんなの嘘だね」

「いいえ、嘘じゃありません。カイガラムシっていう小さい虫から抽出したものを混ぜているんです」

石見の話を聞くとあんなに笑顔だった古谷さんの顔が曇り、やがて「ペッ」とマシュマロを焚き火の中に吐いた。僕も、石見も吐いた。カイガラムシなんて関係ない。単純に、火で焼いたいちごマシュマロが恐ろしく不味《まず》かったのだ。しばらく、ぺ、ぺ、ぺ、と続き、ふいにパチッと焚き火の音が夕闇に爆《は》ぜた。

燃える火を眺めながら、もんむもんむと袋から直接マシュマロを食べ続ける。この時間を僕はそこまで悪いものとは感じなかった。

古谷さんはウクレレをベンベンと鳴らす。

そもそも弾けていなかった。多分だけど「ダーリン、ダーリン、スタン、バイ、ミー」と奏でている。それを無視して石見は相変わらず、タコはストレスがたまると自分の足を食べる、富士《ふじ》の樹海でコンパスが狂うってのは嘘、キュウリは世界一栄養がない野菜、などそれこそキュウリと同じくらい栄養がない知識を語り続けた。

ウクレレに乗せて雑魚《ざこ》知識を披露《ひろう》。なんだこのデュオは。どこのお座敷芸だ。

二人を眺めつつとっくに飽きたマシュマロをそれでも口に放り込んでいると、またしても目頭が熱くなってきた。最悪なことに、煙のせいじゃない。迂闊《うかつ》にも、この古谷さんが誂《あつら》えた『スタンド・バイ・ミー』効果にしてやられたのだ。何せ僕は、十代だから。

僕らはこれから、どうなるのだろうか。

卒業したら石見は実家の配送業を手伝うらしい。僕は県立の大学に進むだろう、おそらく。

古谷さんは、そもそも卒業するのか。僕たちが卒業した後もずっと高校二年のまで、永遠にトイレの窓から入ってきたトンボをもてなし続けるのではないのか。

「マシュマロ、燻製にしたらうまいんじゃないの」

古谷さんの提案を僕は無視した。

相手にしなかったわけでない。まんまとセンチメンタルに飲み込まれ、感傷の涙を流している自分が恥ずかしくて仕方なかったのだ。

「マシュマロを燻製にしたら、中の水分が飛んで、それでおしまいですよ。そもそも桜チップだってありませんし、そもそも燻製というのは」

石見はやはり無粋だ。そして無駄に燻製に詳しい。樹脂で雑菌の侵入を防ぐことができるため保存性が高まる、云々《うんぬん》と続いた。

「いったれえ！　いったれえ！」

興奮する古谷さんの声でふと冷静を取り戻す。顔が熱い。夜空が頬をぶたれたように赤い。焚き火ではない。目の前の桜の木々が燃えていた。乾いた風も手伝って炎は意外なほど早く、木から木へと渡っていく。

「石見！　そっちからもほら！」

古谷さんが、ロケット花火を二百発ほど発射した結果である。正直に言えば、僕も三十発ほど発射した。燻したかった。保存性が高まるなら、桜を燃やしてこの夜を、燻製にしてやりたかった。正確には桜なのかどうかもわからないけど、古谷さんが漢字で書ける木はとにかく全て燃やしてしまえばいいと思った。

巨大な赤い炎を前にしても、まるで現実感が伴わない。後ろから、ベンベンと、またリズムだけの「スタン、バイ、ミー」が聞こえた気がした。

ニュースは一瞬だけ全国を駆け回ったのちにたち消え、同時に僕の記憶もそこからふやけてしまう。その後、目の前の状況を「山火事」だと一番早く気づいたのは僕で、最初に通報したのも僕なのに。

幸い、というのも変だけれど、僕も石見も大きな処分は受けなかった。事前に親に連絡していたことや、自身で通報したこと、普段の生活態度、何より「あいつらはたまたま居合わせただけ」という古谷さんの供述により、生涯分の怒声《どせい》を鼓膜に受けただけで僕らは解放された。

問題は古谷さんだ。「夜を燻製にしたかった」この供述が実際の山の燃え広がりよりもはるかに炎上、翌週になって登校してみるともう学校に彼の姿はなかった。

十年近く経過しても、僕はまだあの夜にいる。マンションの窓より一瞬、トンボが入ったが、すぐに旋回して出ていった。

「ようこそいらっしゃいました」、とはもう言わない。

今の僕は、あの夜に想像した通りだ。なんだかんだ県立大に進学することができたし、卒業後は地元の食品加工会社の営業職に就き、それから五年以上が経過している。相変わらず煙草は吸わないまま、仕事にも、一人暮らしにも慣れ、そろそろ何か新しい趣味でも見つけようか、なんて考えている。ちゃんと「どこにでもいる人」になることができたじゃないか。石見だってそうだ。実家の配送業をちゃんと引き継ぎ、ライトバンで毎日この町を走り回っている。たまに駅前の居酒屋で会えばキュウリの浅漬けばかり頼む。

「栄養なくてもうまけりゃいいだろ」、らしい。

ブレーキ音が聞こえた。見下ろすとタイミングよく「石見運送」の文字が目に映る。石見が普段使うライトバンとは、また別のワゴンがマンション前に停まった。

そうだ、頼んでいた荷物が届くのだ。けたたましく、何度も何度もインターホンが鳴る。応答するとモニターに配送業者が映る。

「なあこれウクレレだろ！　形でわかっちゃうんだよな、俺ってば」

「違います。ギターです」

「おんなじだろう?」

退学処分後、石見の親父《おやじ》さんに拾ってもらった古谷さんは、画面いっぱいの笑顔でこちらを見ている。今度こそ「ようこそいらっしゃいました」と心の中、独りごちる。窓の外、燻された夜が続く。

本作品は書下ろしです。

※この作品はフィクションであり、実在する人物・団体・事件などには一切関係がありません。

洛田二十日（らくだ・はつか）

新潟市出身。早稲田大学文化構想学部卒業。大学卒業後は放送作家事務所に所属し、テレビ、ラジオ番組の構成作家として活躍。第2回ショートショート大賞にて応募作「桂子ちゃん」が大賞を受賞。2018年ショートショート作品集『ずっと喪』でデビュー。以降も短編を中心に発表中。

ダキョウソウ

2024年 9 月30日　初版1刷発行

著　者　洛田二十日《らくだはつか》

発行者　三宅貴久

発行所　株式会社 光文社

〒112-8011　東京都文京区音羽1-16-6

電話　編　集　部　03-5395-8254

　　　書籍販売部　03-5395-8116

　　　制　作　部　03-5395-8125

URL　光　文　社　https://www.kobunsha.com/

組　版　萩原印刷

印刷所　萩原印刷

製本所　国宝社

落丁・乱丁本は制作部へご連絡くだされば、お取り替えいたします。

ISBN978-4-334-10434-4